ブラック・マリア

鈴川紗以

幻冬舎文庫

ブラック・マリア

第一部

序　章

木だけで造られた、小さなものだ。

単なる小屋にしてはあまりに瀟洒《しょうしゃ》だけれど、新築のチャペルにしては、すぐれて質朴な風情。

四囲の壁も屋根も、すべて栗材でできている。全面、黄褐色だ。屋根の切り妻は鈍角で、たっぷり百二十度はあるだろう。

ファサードの幅が四・五メートル、奥ゆきが五メートル、高さが三メートル、といったところか。

「ファサード」とはいえ、装飾はない。一切ない。扉は当然あるのだが、これにしても、壁面と共通の木で作られているため、黒檀の取っ手を別にすれば、壁にまぎれて見分けがつかない。

中に入ると、下は土間だ。いや、土間以前。土、そのものなのだ。

この土は、外界の山の土と同じ湿り気、同じ匂いを立たせていて、同じ柔らかさで礼拝者の足底に触れてくる。そここに、ほがらかな薄緑の、雑草をさえ生やしている。

椅子はない。

いちばん奥に木の簡素な祭壇が作られ、その上に、幼子イエスを抱く聖母の像が据えられてある。五十センチばかりのささやかな立像で、これもまた木製だ。マリアの足元にたった一輪、丸腰で置かれたカーネーションの花びらが、愕《おどろ》くほど赤い。

祭壇の直前にも、調度がない。跪《ひざまず》き台に代わるものすら見あたらない。跪拝者《きはいしゃ》はただ、土の上に膝をついて祈ることになる。

堂の両側面のまんなかあたりに、窓が一つずつある。ガラス窓ではなく、まるで木壁を五十センチ四方くりぬいたあと、改めてヒンジで取り付けたかの体《てい》だ。

だから仮に両窓が閉まった状態で、外から堂を周回して見ても、窓があるとは気づきにくいに違いない。けれど、この向かい合った双子の窓は、光と風を通すために、夜間以外は開けられたままだ。

空から無言でそっと分け配られた光。姿の見えない小鳥の地鳴きが、ちゆちゆ、舞い込んでくる。

ここには、時がない。静止がある。

堂の中心で、奥の聖母子像に向かって、立ち止まる。そして左を見ると、開放された窓の下に、人の顔が彫り描かれ、文字が二行、刻まれている。

人見知りする男児のような笑みを浮かべている少女。

栗材は、版木にするには硬すぎる。よく、しかも精緻に、彫ったものだ。

少女の顔の下に刻まれた字句は、ポルトガル語ではない。イギリス語だ。

もし再び同じ状況に立たされたなら、わたしは同じことをする。

わたしの友、フェルナンド。

この礼拝堂を設計した建築家、マダレーナ・マリア・ダ・コスタが、胸奥に堅く秘めていた言葉だという。

竣工を見なかったダ・コスタのために、彼女の右腕だった建築士、エンリケ・コルテスが、例に反して、彫り刻んだものだ。

1

『森を囲んで』が落成した。

ポルトガルの小都市Sの新市庁舎だ。

敷地面積、約一万平方メートル。建築面積、約八千平方メートル。地上三階、地下一階。瀟洒《さいらく》なものに仕上がった。

大きな特徴が二つある。一つは、コンクリートと木の混構造であること。もう一つは、広い中庭に植栽して、庭全体を常緑樹の「木立ち」と成し、それを建物に四周させていることだ。木立ちを回廊が囲む。

リスボンのフォンセカ建築設計事務所が、S市のコンペに勝ち、設計および施工監理を一手に遂行した。

発案がフォンセカ所長に採用されたため、基本設計、実施設計、工事現場監理のすべてを陣頭でおこなったのが、マダレーナ・マリア・ダ・コスタだった。満三十三歳。この事務所に勤務して七年目の建築士だ。

所長の建築家ディエゴ・フォンセカは、ポルトガル南部の田舎町で、名もないアズレージヨ職人の息子に生まれ、おのれ一身の才能と野心によってのし上がった。五十五歳のいま、その令名を国の内外に渡らせている。

令名の根拠がまた芳《かぐわ》しい。「建築の妖精」だ、というのだ。フォンセカの建築は男根中心主義の対極にある、と。

西暦二〇〇〇年の前後、つまりポスト・モダニズム期以降においてすら、浮世の建築家たちは依然、古くさい自己顕示欲に囚われ、陸続と、文字どおり陸続と、コンクリートの奇っ怪な塊《かたまり》をもって土を犯し、中空《なかぞら》を穢《けが》していた。

あたかも、醜いファルスを公衆の面前に突き立てて見せているかのようだ。ある批評家は、そう言って嘆く。ファロセントリスムたる、建築批評において既にじゅうぶん有効な隠喩を、さらにわざわざ「直喩」にまでして見せつけなくてもよさそうなものだ、と。

たしかに、次々と屹立していく、リスボンの高層ビルを見渡したら、目を覆いたくもなるだろう。それはまさに、天に向かって勃起した男根を、「どうだ！」とばかりに陳列しているごとくなのだから。

「恥ずかしい」

フォンセカは言う。ある雑誌のインタビューで彼は、首都でいまなお続く野放図な建築を辛辣に批判した。

「恥ずかしいですよ。どれとどれとどれ、とは敢えて言いませんけど、ひどい。俺が、俺がと、何をいまだに主張している？　かたわら痛い。はっきり言って、二十一世紀に『モニュメンタル』は罪ですよ。猥褻罪です。いや、強姦罪だ。モニュメントは、大地と天空をレイプしている。高層、低層は関係ない。悪趣味な建造物はことごとく、環境への陵辱なのです」

ことほどさよう。果たして、ディエゴ・フォンセカの手になるものは、『みやび』と称すべき佳品ばかりだった。まさに、ファルス中心主義の対極にある建築だ。

美術館、駅舎、小規模ホテル、図書館、教会、個人住宅、レストラン。どれを取っても、周囲の景観と環境に寄り添い、とけ込んで、ひっそりと佇《たたず》んでいる。土も水も風も犯さず、古い街並みにも相和《あいわ》し、自己主張しないどころか、むしろ隠れるように棲《す》んでいる。まるで、妖精が軽やかに舞いながら、片手で地面をするりと撫でたら出来上がりました、とでもいうような。それほど彼の建築は、たおやかに清楚だった。

いきおい、あらゆる施主の満足と感動を博したのみならず、同業諸士の尊敬をも勝ち得ていた。フォンセカは、こころある建築家に敬われる建築家だった。

だからマダレーナも、入門したのだ。

六年と八ヵ月前、大学卒業後三年間勤めた大手建設会社を退き、フォンセカ事務所の門を叩《たた》いた。新人建築士として、公共事業や大規模集合住宅開発の下働きは、もうその会社で充分つとめた。次は個人の設計事務所に移って、いよいよ、建築士として立つための第一歩を踏み出したかったのだ。

ディエゴ・フォンセカが、畏敬のまとだった。マダレーナは高校時代から、リスボンとその周辺にある彼の建築作品を見て回り、感嘆し、丹精なスケッチを描き残していた。いつか自分も、「建築の妖精」たるフォンセカのような建築家になりたい。だから、彼のもとで修業をしたい。そう思って、大学卒業時には所員募集がなかった、フォンセカ建築設計事務所の門戸が開かれるのを待っていた。

三年後、開かれた。比較的大規模なB美術館の新築を、この事務所がコンペで勝ち取ったとき、人手が必要となったのだ。

満を持していたマダレーナは、すかさず応募し、採用された。

フォンセカ作品に対する、彼女の的を射た賛辞が、彼の自尊心を正しくくすぐったのも効いたのだろう。けれども、五倍の競争率を勝ち抜いてダ・コスタが採用された最大の理由は、建築への没入だった。

面接のとき、フォンセカ所長はマダレーナの履歴書とポートフォリオを一覧し、応募の動機や自己アピールを聴いたのち、彼女を直視した。四十八歳の名建築家が、二十六歳の女建築士の顔を無遠慮に見つめて、呼びかけた。

「ダ・コスタ嬢、マダレーナ、あなた、夢はどうです？　なにか」

間髪を容れずに彼女が答えた。

「はい。原案の着想、あるいは解の発見のみなもとです」

フォンセカは一度まばたきをして考えたが、そのあとすぐ頷いて膝を打った。

「あははは、そっちの夢ね。たしかに僕も、よく夢の中でドローイングをしてるよ。こりゃいい。極端な人だ。気に入りました。うちに来て、二十四時間、夢の中でも仕事をしてください。歓迎します」

奇を衒《てら》ったわけではない。真正直な答えを半分、伝えたまでだ。

マダレーナが浅い眠りの内に見る夢は、半分くらいが仕事の、しかも具体的な夢だった。夢に出てきたアイデアや解決法のおかげで現に設計が進んだことも少なくない。

あと半分に関しては、そのまた半分ほどが、かなり現実味を帯びた悪夢で、残りの半分が、取るに足りない雑多な夢だ。就職の面接はしかし、凶夢を語るにうってつけの機会ではない。

それどころか、もともと、この世のだれにも語る気はないのだ。その、月に数回彼女を襲う、世にもおぞましい夢を打ち明けられてなお、端然と座っていられる者など一人もいないだろうから。

それに、マダレーナにとって夢とは、睡眠中に見る夢でしかない。将来の夢。叶えたい夢。そんなものを抱《いだ》くほど甘やかな人生を歩んでは来なかった。彼女にとって世界はすなわち現実であり、それ以外ではあり得ない。

事実、フォンセカに「夢は？」と問われたときも、本当に、夜見る夢しか思わなかった。へたな機知を気取ったわけでは決してないのだ。

現実の苛烈さに四六時ちゅう正対する、彼女のこの本能は、若者のわりに酷《ひど》く世知辛《せちがら》いものだが、建築業には向いている。

たとえ、ある建築作品がいかに美しくても、芸術的であっても、それは絵や音楽や詩ではない。建築物は実際、人間の肉体によって使用され、肉体を保全しなければならない。設計上の些細な拙劣や怠惰が、結果として住人の違和感を招く。極端な場合、構造計算上の一つの誤りが、建物の崩壊を招くことすらあり得るのだ。

単なる芸術作品なら、受け手に気に入られなくても、「駄作だ」と貶《けな》されれば、それで済む。だが建築は、そうはいかない。手がけた物件の不具合によっては、施主や周辺住民から訴訟を起こされかねないし、最悪の事故で死傷者が出る可能性すらゼロではないのだ。

建築は、物理によって物体を造る。しかも、人の肉体を容れる巨大な物体を。

どこまでも重力に支配され、いかんともしがたい物体。一度生み出してしまったら取り返しのつかない、絶対的な物量。物だ。現物だ。建築とは徹頭徹尾、現実なのだ。

現実しか見ないマダレーナ・マリア・ダ・コスタは、建築に向いていた。工科大学を出て適職に就き、意中の事務所に建築士として席を得た彼女は、フォンセカ所長の見込みどおり、よく働いた。まさに寝食を忘れて長時間、しかも集中して任務に取り組んだ。出来《でき》も良かった。つねに精確無比であるのみならず、もとから持っていた建築センスが、実務経験の蓄積とともにますます磨かれ、ついに、入所六年目にしてS市庁舎新築たる重大案件の陣頭指揮を任されたのだ。

ダ・コスタの多大な貢献によってフォンセカは、コンペを制してこの案件を受注し、引きつづき彼女の優れた献身によって、現物の完工を見るに至った。『森を囲んで』は、だれの目にも秀作であり、ディエゴ・フォンセカの既にめでたい、世の覚えを、一層めでたからしめた。

マダレーナ自身も、この成果に納得していた。

所長から惜しみない謝辞と賛辞を受けたのもうれしく、自分を見込んで重用してくれた彼に深く感謝した。フォンセカ先生に師事してよかった、と実感する。

これでわたしは、所長の右腕になった。これからは右腕として更なる実績を積み、近い将来、独立する。近い将来、一建築士から、建築家になるのだ。

マダレーナは深夜、殺風景な自宅の居間でひとり、唇を結んだまま、口角だけいやに引き上げ、鼻の下にも力を加えて、笑んだ。無意識に、右手が拳《こぶし》を握っていた。

さっそく独立資金を貯めはじめよう。サンタ・セシーリア教会への寄付は、とりあえず一年ほど休ませてもらおう。独立したら再び寄付を始め、仕事がうまくいけば、寄付金の額も増やしたい。

マダレーナは、大学卒業後すぐに就職して以来ずっと、貯蓄はせず、収入の四分の一を、隣国のマドリッドにあるサンタ・セシーリア教会に寄付しつづけている。月給取りなので毎月、一定の額を送金するパターンだ。率を四分の一と決めているため、昇給に比例して金額も上げてきた。

独立して事務所を開くには、小さな部屋を借り、机と椅子にパソコン、電話、その他諸備品をそろえればいい。費用は、ざっと見積もって一万数千ユーロだ。一年余り寄付を休めば、なんとかプールできるだろう。

「よし」

マダレーナは声に出して独白した。そして今度は、結んだ唇の中点を引き上げ、口角は上げずに、鼻の下で笑った。ひとり、壁に向かって。

絵も何も掛けていない、ただ真っ白な壁が、この唇の笑みに感光して、なだらかな山型の小さな潜像を結ぶのではないか。そう喩《たと》えてもおかしくないほど、この笑みの放射は、無音にして強烈だった。

2

近い将来、ではなかった。

すぐ独立する破目に陥ったのだ。

『森を囲んで』が落成した翌日、マダレーナはフォンセカから夕食に誘われた。

リスボン最大の目抜き通りであるリベルダーデ大通りに沿って立つ豪奢なホテル。その屋上テラスが高級レストランR＊＊になっている。名だたる店なので、マダレーナも聞き知ってはいた。そこに行ったこともなければ、行きたいと思ったこともないけれど。

「週末、食事でもどうかな？　きみの功績を祝したい。土曜の夜、R＊＊で」

所長室に呼び出され、こう言われたとき、薄暗い陰の帯が一瞬、脳裏を横切った。R＊＊に夜？　二人で？

体の中心からアドレナリンが湧き上がる寸前を感じ取ったが、なんとか一呼吸して平静を保った。

五十五歳とはいえ、フォンセカも男だろう。けれど、彼ほど知的に開化し、洗練された人物が、あらぬ気持ちを部下の女性に向けてくるだろうか。ましてや彼は地位も名誉もある、既婚の男性なのだ。

いや、所長に限って、へんなことはない。いままで、きわどい空気を感じさせたこともない。あくまで紳士的で明敏な指導者だ。

『森を囲んで』は特別な成果だから、特別に祝ってくれるだけなのだ。所長報奨だ。所員として、願ってもない栄誉ではないか。ここは謹んでお受けするべきだろう。

そんな理屈で自分を説き伏せ、「邪推は無用。これも仕事の一環だ。仕事、仕事」と自分を鼓舞して、土曜の夜、マダレーナは出かけた。

七月のリスボンは暑い。

きょうも昼には摂氏三十五度を記録していた。

マダレーナは日頃、内勤のみの日はシャツとジーンズ、現場に行く日は上下セットの作業服で過ごす。ヘルメットは事務所に置いているが、作業服は置いていない。自宅から着て出て、平然とメトロに乗って出勤する。

彼女は、いわば、仕事しかしない。生活のおよそ九割五分が、設計と監理と休養だけで成り立っている。ほぼ、事務所に居るか、工事現場に居るか、自宅に居るかなのだ。

　したがって、綺麗な服など必要ない。実際、スカートは一枚も持っていない。ただ、ごく稀にある会葬に備えて、黒無地のワンピースは二着持っている。長袖と袖なしを一着ずつだ。きょうも本当は、事務所に穿《は》いていく夏用デニムで行きたかったのだが、R＊＊にジーパンでは入店禁止かもしれないと恐れて、しぶしぶ、袖なしの黒ワンピースを着用した。もっぱら、葬儀に参列するとき使ってきたものだが、さいわい、ひざ下丈の黒は汎用度が高い。

　髪はショートボブなので、もとより手をかける余地もない。これで、なんとか、所長に「めかしてきたな」と誤解されずに済んでほしい。

　初対面以来じつに一度も、パンツ・ルック以外で所長に面したことがないため、ワンピースにリスクはあるだろう。けれど、そこをなんとか、髪形の日常性によって無頓着を訴え、へんな誤解の芽を摘みたい。

　マダレーナの身長は百七十センチで、ポルトガル女性の平均よりかなり高い。体重は標準に満たないため、体型としては、いわゆる長軀痩身ということになる。きょうは特に、腰を左右に揺らさず、顎を引いて、ただ真っ直ぐに歩こう、と、ことさら決めた。

　約束の八時ちょうどに入店した。まだ日は暮れず、屋上テラスにたゆたう微風が、なまあたたかい。

　先導するウェイターの肩越しに、まず遠景のサン・ジョルジェ城が見え、それを背景にして、テーブルについたフォンセカの姿が目に入った。入り口から最も遠い隅にあるテーブルで、最も眺めのいい、つまり店で一番良い席だった。

内装設計の目にはさしずめ、プロポーズ用途の席となろう。同時に、床面のコーナーにあるため、飛び降り自殺にも最適だ。あるいは、他者を突き落として殺すにも。

ディエゴ・フォンセカは、建築家によくあるタイプで、普段からやや粋がった服装をする。きょうも例によって、こじゃれた黒サテンの長袖シャツを着こなしていた。体に密着するシルエットのもので、中年太りを厳に回避できているからこその伊達《だて》だった。

あいさつと笑みを交わして、マダレーナも席についた。

フォンセカがシャンパーニュをボトルで注文すると、ウェイターはうやうやしく頷き、くるりと踵《きびす》をめぐらした。

「きみ、うちの打ち上げなんかじゃ、あんまり飲まないようだけど、飲むよね？」

「はい、一、二杯なら、いただきます」

「ハハ、与件付きか。じゃあ、二杯、愉しんでいただこう」

「恐れ入ります」

「あいかわらず硬いね。それが、いいとこだ。その硬さが信頼できる。『森を囲んで』も完璧だった。ありがとう」

「いえ、先生のご指導のおかげです。ありがとうございました」

真情だった。『森を囲んで』が無事、成功裏に完了したのは、フォンセカの的確な助言が随所にあったからこそなのだ。それなしでは不可能だった、とマダレーナは知っている。

それに、あんな大きな案件を事実上自分に任せてくれたことにも、本当に感謝している。

「お任せいただき、光栄でした」と伝えようとしたその時、シャンパーニュが運ばれてきて、会話は中断した。

「乾杯」と、ほそながい繊細なグラスを合わせたとき、あたりまえの所作として無意識に、目も合わせた。

マダレーナは、すぐその目を外して、相手の背後に見えている、遠いサン・ジョルジェの城塞を見ながら、無数の泡が列をなして無限のごとく駆け上がる、冴《さ》え冴《ざ》えと冷えた金色《こんじき》の美酒を一口飲んだ。

フォンセカはしかし、飲みながらも彼女の顔から一瞬も目を離さず、むしろ熟視へと踏み込んできて、言った。

「絶妙だね。みごとな造形だ。目の大きさ、頬骨の高さ、厚い下くちびるの鈍角二等辺逆三角形における高さ。これら三つがそれぞれ、極わずかに過剰なのが、いい。おのおのこれ、増減の余地がない。絶品だよ。黄金無二の絵だ」

「…………」

マダレーナはただ、かすかに眉を顰《ひそ》めて、目をしばたたいた。

「その顰《ひそ》みと頬骨のあわいが、この世の愁いを表象している。そして、目とくちびるが知的情熱を」

「…………」

彼女はさらに眉根を寄せて、首を左にかしげた。

「いや、失礼した。じつは、もう昼から飲んでてね。ほろ酔いにまかして、軽口をたたいてしまった。申し訳ない」

建築家は苦笑いしながら謝った。

「いえ」

部下の女建築士は、体のうちが虚しく硬直してくるのを感じながら、つとめて平坦に応じた。

「失敬。でも僕は、『美人を美人と呼んで、なにが悪い』なんて、傲慢下劣は言わないよ。『情熱』さえ『知的』と限定しただろう。女性は、高度に知的であって初めて魅力を放つんだ」

この言葉に、マダレーナ・マリアの、胴の血が凍った。

知的。女。知的ゆえの魅力。知的ゆえ……。

体内の血が、逆上してくるのになお、どこまでも冷え堕ちていく。

吐き気がしのび込んだ。震えてくる。

何年ぶりだろう。心因性の嘔吐からは、もう四、五年、遠ざかっている。それでも、すぐわかった。この突発の嘔気《おうき》は——

「すみません、ちょっと失礼します」

言うと同時に席を立った。時間はせいぜい一、二分しかない。マダレーナは、持てる気力を無理やり集めて平静を装い、なんとか走らずに、速く歩いてパウダー・ルームに行った。さいわい、個室が二つとも空いていた。迷う余裕もなく手前のに入り、かろうじて鍵をかけた。

吐きはじめると、よけいに苦しくなる。それが、この種の嘔吐だ。食べ物や胃腸が悪くて戻すのではないため、胃がからになった後も、何度もこみ上げ、全身が痙攣する。

阿鼻叫喚。

吐き上げるときの喉の音に加え、まるで泣き喚くような声が異状だ。じじつ、目からは冷たい涙が流れつづける。

虜囚が拷問の苦痛に悶絶して、息絶える直前に上げる叫びさながらだ。それを何度も「ああっ」「ああっ」と繰り返す。しかも、喉が鳴る汚い音を伴って。

高級レストランの優雅な化粧室で、こんな、世にもおぞましい狂態を聞かされたら、女性客は狼狽するだろう。救急車を呼んでしまうかもしれない。マダレーナは意識の隅《すみ》で懸念していたけれど、発作の叫喚は、気力で抑えられるものではない。

襲撃が自然におさまるまで身を任せ、醜く叫んでいるしかなかった。

十分も経ったころ、ようやく発作が終わった。これも不幸中の幸いで、周囲の騒ぎにはならずに済んだ。

個室を出て、鏡の前の洗面台で口をすすぎ、きれいに積み置かれているおしぼりの一枚を取って、口の周りと目の下と頬を軽く押さえる。

上質のタオルの、まろやかな茶色と、セージみたいな香りが異様にありがたく、自分にはもったいない気がした。とつぜん、孤独と寂寥《せきりよう》が、彼女を突いた。

場違いだ。と、自分を思った。

脱力しながらも、テーブルへの復路はゆっくり、努めて背すじを伸ばして歩いた。

やはりフォンセカは心配し、「気分でも悪い？」と訊いてきたが、「いえ。あの……ちょっと、おなかの具合が。でも、もう大丈夫です。すみませんでした」と答えた。

それから、コース料理が順次出てきた。マダレーナは、どの皿からも少しだけ食べ、なんとか、口先の無難な会話で場を過ごした。

晩餐が終わるころ、近い週末、シントラにある彼の別荘で一緒に過ごさないか、と誘われた。

翌々日の月曜、ダ・コスタは、フォンセカ建築設計事務所を退職した。

3

かつて、女であることと容貌と知性のせいで、地獄をみた。

しかし、今回は違う。あきらかに異質なケースだ。フォンセカはただ、知的な一紳士としてマダレーナに魅力を感じ、紳士らしい工程に則《のっと》って彼女に求愛していた。すくなくとも表層上は。

既婚の年配者である事実も、関係ない。たとえ彼が独身で、年も父親ほど上でなく同年輩だったとしても、自分の生理的拒絶は同じだった。マダレーナは論理の根拠なく、そう確信できる。

紳士的アプローチに沿っていようが、独身適齢であろうが、ひとたび、男が自分の体ににじり寄ってこようとしているのを感知するや、彼女は凍る。退《ひ》く。

地獄は底で続いている。

理性で省みれば、所長にぶしつけな仕打ちをしてしまったと思う。とつぜん辞めたし、辞める理由も「体調不良」としか言わなかったのだ。

フォンセカが性的に実際なにかを無理強いしてきたわけではない。

屋上テラスで彼女の顔を見つめてその魅力を詳説したくだりは、たしかに、いわゆるセクハラ発言にはなるだろう。既婚者が部下の女性を別荘での一夜に誘ったのも、社会的には問題だ。

とはいえ、それで即刻、しかも問答無用で断交されるというのは、いささか気の毒ではないだろうか。

それにマダレーナは自分自身をも、みすみす、厳しい環境に追い込んでしまった。一年以上あとで独立開業するために、ちょうどこれから資金を貯めようとしていたところなのだ。

事務所にする賃貸物件を借り、必要最低限の備品をそろえるお金すら、今はまだ持ち合わせていない。

仕事、すなわち設計と監理の能力そのものには、すでに充分自信があるけれど、営業力は、ほとんどない。肝心の設計依頼がマダレーナ個人に舞い込んでくる望みは、まだないのだ。

独立のあかつきには、尊敬するフォンセカ所長から依頼案件を二、三件紹介してもらったうえ、感謝に満ちて円満退所するつもりだった。そして独立後も引きつづき彼の厚誼《こうぎ》を賜り、親交を持ちつづけたい、とさえ願っていた。

それなのに、まったく予期せぬ異変に襲われ、体が反射してしまった。その結果、所長にも、おのれ自身にも、苦い状況をつくってしまった。

けれど、悔いはない。悔いる余地がないからだ。

人は、過去のある時点で、複数の選択肢の中から誤ったものを選んでしまった場合にのみ、後悔する。「ああ、あのとき、別のほうを選んでおけばよかった」と。

だが、そもそも他に選択肢がなかった場合は、選択の余地がなく、したがって後悔の余地もない。

反射。防衛本能。このたぐいのものが発動してしまった現場では、行動を選べない。文字どおり他《た》にいかんともしがたく、マダレーナは事務所を去った。

しかたがなかった。悔いはない。

けれど、心は乱れ、沈んでいた。

「建築の妖精」。ディエゴ・フォンセカは、その名に価して余りある建築家だ。マダレーナの目にも画然と、そう映っている。

彼の、優雅で、洒脱で、清楚な作品群は、まさに男根中心主義へのアンチテーゼとさえ言ってよい。

作物《さくぶつ》のみならず、人格もまた、すばらしかった。

約七年間、この人の下で、この人に接して働いてきたが、その的確な指導と待遇、温良な言葉と物腰は、終始一貫、変わらなかった。マダレーナが知る限り、他に二十人近くいる彼の部下たちも同様に、この所長を敬愛している。

残念だ。残念さが峻烈に刺し込んできて、心が痛んだ。

フォンセカ先生だけは違う。と、思っていた。とくに意識していたわけではなく、暗黙裡にそう思い込んで安心していた。

先生だけは男じゃない。「妖精」だもの、地獄になんか棲んじゃいない。

マダレーナの無意識はきっと、暗闇でそう言ってきたのだろう。

それが違った。

セニョール・フォンセカ、あなたもか！　あなただけは、男という名の忌むべき造物《ぞうぶつ》ではない、と思っていたのに。人間だ、と慕っていたのに。

あれほどたおやかで、男の破壊的高圧性とは無縁の建築を生み出してきた妖精も、個人としては一体の、ファルスに駆動される造物だった。彼ほどの人品をもってしても、ご多分に洩れず、忌まわしい男根の充血に支配される……

また吐き気が寄ってきそうな気がした。

もう吐きたくない。二回も吐いたら、負けだ。負けるものか。

白い壁の、殺風景な居間に座って、彼女は抗《あらが》った。全力で体の力を抜いて、ゆっくり深呼吸をした。

目を瞑って、あのころグラッサの丘の林のはずれにあった、焦げ茶色の掘っ立て小屋を想い浮かべた。

うす緑の草と黒い土と、木の肌みたいな生成り色のフェルナンドの顔。ココア色の髪。無心の笑みと、木と土の匂い。

木と土の匂い。

ゆっくり吸う息とゆっくり吐く息に、身をまかせていった。

鎮静へのかぼそい灯《ひ》が点《とも》った。ぽつ、ぽつ、と落ち着いてくる。

マダレーナ・マリアは、はあ、と声を出して、肩から息を吐いた。

今回は、発作にならなくて済んだようだ。

あの凄惨な夜から十四年間、本当に喘ぎながら生き延びてきたけれど、最近ようやく耐性の芽が辿々《たどたど》しく結んだかと思う。

先日のR＊＊では、四、五年ぶりに嘔吐してしまったとはいえ、あれは例外と見なせる。

あの露骨な口説き文句を聞いては、激しい拒絶の発作も出ざるを得ない、というものだ。現に今度は、嘔気を未然にいなせた。ちゃんと自律ができるのだ。これならもしかすると、このさき二、三十年、生き抜いていけるかもしれない。心体が落ち着いたら、そんなことまで想えた。

フォンセカへの罪悪感が返ってきた。

ディエゴ・フォンセカという一男性が、特定に悪かったわけではない。すべては畢竟《ひっきょう》、地獄のせいなのだ。

地獄に棲まう女になどまず遭遇しないにもかかわらず、よりによって彼は遭《あ》い、こともあろうに惚れてしまった。そして一歩近寄ったら即、肘鉄《ひじてつ》を食らい、そのうえ後足で砂をかけられた。なんとも気の毒な目ではないか。

いい先生だった。わたしがプロとしてここまで来られたのは、あの人のおかげだ。先生は現実にわたしの恩人だし、いまなお、憧れの建築家なのだ。

わたしがこんな地獄にさえ棲んでいなければ。こんな異常な身と心を強いられた女でさえなければ。

マダレーナは痛んだ。

先生に申し訳ない。自分の意志ではどうしようもなく、恩を仇で返す破目になってしまった。

いつか、なんらかの形で償《つぐな》いをしたい。できることなら直接、同業者として。さもなくば、陰からなにかの役に立ちたい。それすら叶わないなら、せめて、先生のさらなる栄光を祈りつづける。

建築士ダ・コスタは、金銭上の極めて暗い見通しと、フォンセカ所長への負い目を担《にな》いつつ、よろよろと立ち上がった。なけなしの心力《しんりょく》を、傷ついた体の底からかき集め、しかし決然と独《ひと》り、立った。

4

仕事が要る。

仕事場はある。要は最低、パソコンと机と椅子と電話があれば、こと足りるのだ。事務所を借りるお金がないなら、自宅を職場にしてしまえばよい。

パソコンはもとから、自前のデスクトップを持っている。電話は当面、携帯電話で押し通そう。

結局、建築士の独立には、贅沢さえいわなければ、大した設備投資は要らない。とどのつまり、家でできる「書き仕事」なのだ。

ただ、マダレーナは前からずっと、事務所はグラッサの丘に構えたい、と願ってきた。冷徹に現実しか見ない彼女だが、唯一、幼いころ暮らした、グラッサという場所には、そこはかとない慕情を抱く。

甘さは痛みだ。胸を絞める。

いままでに何度か、外国人に「ポルトガル語の『サウダーデ』とは、どんな情か」と問われた。「匂いのような甘さに、みぞおちが疼く感じ」と答えたりした。

マダレーナ・マリアの『サウダーデ』は、あの丘にある。グラッサに。けれど、まだそこには還《かえ》れない。動くための現金がない。

五年ほど前、母親と死別したとき、リスボンの古い下町に移り、それ以来一人でアパートに住んでいる。遠いむかし、貧しいムーア人が肩寄せ合って暮らしていた、アルファマ地区だ。

この地区はグラッサにも近いが、海抜は違う。低い土地だ。歩くといつも、テージョ川の水の匂いが鼻をくすぐる。

狭い路地と石段が迷路のように入り組み、住民たちはお互い顔見知りで、家族さながらに親密だ。アルファマで生まれ、同じ小さな家に百年近く住みつづけている人たちもいる。

無造作に干した洗濯物がよく似合う、すすけた狭い界隈だが、一方、ファドの名手の生演奏を聴かせる酒場や、エスニック料理が旨い店なども、意外に多い。固有の魅力に惹かれて、観光客もよく訪れる。

ここに移り住んでまだ五年だけれど、マダレーナは少なくとも、隣り近所の住人たちや、食材販売店、飲食店の人々とは、相当親しくなっていた。

彼らは彼女を「マディ」と呼び、たまにおどけて「親方《おやかた》」と呼ぶ。ヘルメットこそ被っていないが、上下とも作業服でたびたび出歩き、その辺の店に出入りするので、彼女は設計士より大工に見える。むろん皆、マディの職業を知っているのだけれど、親しみを込めてふざけるのだ。

「おい、親方」

と、背後から呼ばれたら、

「うん？」

と、マダレーナはふり返る。無意識に、かつ悠揚と。

このまま住みつづければ、アルファマは、彼女にとって「第二のサウダーデ」になるかもしれない。可能性はある。

しかし、ここに建築事務所は、ない。そういう場所柄ではないのだ。アルファマは暮らしたり、歩き回ったりするための地区で、オフィスに向いた街区ではない。

マダレーナがここを選んで引っ越してきたのも、その、のどかな庶民性と、どこかゆかしいエキゾティズムに惹かれたからだ。まさか、事務所を開くために来たのではない。

けれども、いまや、背に腹はかえられぬ状況だ。やむを得ず当面、このＩＬＤＫのアパートを『ダ・コスタ建築設計事務所』と見なすことにする。

それにしても、仕事が要る。

正味《しょうみ》、あと一ヵ月暮らしていけるかどうか。それほど、財布は逼迫していた。

「しょうがない。マドリッドに行って、サンタ・セシーリア教会の炊き出しでも受けるか。投資の回収？　だと、利回り低いなあ。いや、利回りないわ。元本割れだ」

自嘲のジョークを思い浮かべて、マダレーナは左頬だけ上げ、ふんっと鼻で苦笑いした。

もちろん、積年の寄付は、生活に窮したいまも、悔いていない。むしろ、これからしばらく寄付できないのを申し訳なく思っている。はやく事務所を軌道に乗せて、サンタ・セシーリアへの送金を再開したい。

マダレーナ・マリアは目をとじて、右手を、ひたいの前からみぞおちの前へ、そして左肩から右肩へと、ていねいに交差させた。

5

二人の人に助けを求めた。

自宅の近所にあるアフリカ料理店の店主と、フォンセカ事務所の同僚で、いっしょに『森を囲んで』を手がけた建築士だ。

まず、アフリカ料理店『キジコ』に行った。午後三時すぎ。ランチとディナーの合間だ。ここはアルファマきっての大繁盛店で、つねにスタッフを募集していた。マダレーナは週一回ほど、夜に行ってクスクスの持ち帰りを買う、常連だった。

『キジコ』はスワヒリ語で「スプーン」を意味する。オーナー・シェフのカリムは黒人だが、生まれも育ちもリスボンだ。両親はモロッコから移民したらしい。

なにを作らせても絶品ばかりの料理人カリムは、身の丈二メートルで筋肉質。底なしに陽気な好漢だ。マダレーナの目には四十歳くらいに見えているが、正しくは知らない。

『キジコ』が面している路地は、おとな二人が余裕ですれ違うのは難しいほど狭く、かなりの勾配もある。店の間口は二メートルに満たない。

マダレーナは、うすい水色のジーンズに白スニーカーで、音もなくこの径《みち》をくだり、開いたままの店口《みせぐち》を入った。

「こんちは」

呼ぶと、カリムが奥の厨房から出てきた。営業時間外なので、お客はいない。

「おおっ、親方。マディー親方、どうした、どうした、こんな時間に。仕事、クビになった？」

「まあ、そんなとこ」

「で、食えねえの？」

「うん、食えねえ」

「わかった、じゃあ、食わす。うちのまかない、ピカイチよん。分けたげる。昼と夜、二食でいい？」

「ありがとう。うれしい。助かるわ。でも、タダで頂くつもりはないよ。雇ってください」

「ん？　バイト？」

「はい。アパートの家賃や光熱費とかもかかるんで。お金が要ります。働かしてください」

「オッケー、ウェルカム。人、足りないから、こっちも助かる。で、いつから？」

「あしたのランチは？」

「いいよ。完璧。十時に来て」

「うん、わかった。恩に着ます」

カリムの人柄と店の盛況のおかげで、まるでラッパー同士のかけ合いみたいに、話が進んだ。

「こんどさ、『ひとり親方』やることにしたわ。で、仕事がまだないから食えねえ、ってわけよ」

「あ、そう。じゃ、乾杯だ」

そう言って店主は、厨房の前にある、高くて短いカウンターのところへ行き、ジンジーニャを二つの、ごく小さなショット・グラスに注《つ》いで持ってきた。

さくらんぼの甘いリキュールで、ポルトガル固有の酒だ。この店はジンジーニャの味まで格別なので、マダレーナもクスクスの持ち帰りが詰められるのを待つあいだに、一杯飲む。一グラス、一ユーロだ。

カリムは大きな眼を見ひらいて晴れがましく笑いながら、テーブルを勧め、自分が先に座った。つやめくビター・チョコレートをおもわせる素肌が、Tシャツの檸檬《れもん》色に照り映えて、まぶしい。

「乾杯！　ひとり親方に」

「ありがとう。乾杯」

目と目を合わせたまま、二人そろって一気に乾《ほ》した。

「うまいっ。ごちそうさま。わたしね、このお店の、リスボン一美しいトイレを美しく掃除する自信ある。任して」

新入りバイトの意気込みを、あるじは片眼をつぶった笑みで迎えた。

「期待してるよ。それに、親方、ほんとは先生だから、英語だってしゃべれるんだろ？」

「うん、じつは」

「よし。じゃあ、観光客にも助かる。パーフェクト！　トイレ掃除がうまくて英語しゃべれる美人、親方、ウェイトレス。完璧だよ」

「ありがとう。一生懸命、はたらきます。ただ、本業が軌道にのるまでだから、そこは厚かましくて……ごめんなさい」

「いやいや、気にしない、気にしない。いっつも猫の手だって借りたいんだ。そこに親方ですよ。文句ないよ、ド短期でも」

「ほんとう、恩に着ます。がんばるね」

マダレーナは、いま初めて社会の海原《うなばら》に漕ぎ出そうとする若者の白い気概を、自分の内にみとめて、ひそかに驚いた。

ありがたかった。

「にべもなく断る」と巷《ちまた》に言うが、カリムの場合、「にべもなく受けてくれた」と敢えて言いたい。一も二もなく、四の五の言わずに即、受け容れてくれたのだ。

たしかに、極度の人手不足なのだろう。けれども、きっと、それだけではない。慈悲というのか、惻隠《そくいん》の情のある人なのだ。

しょっぱなから「食えねえの？　じゃあ、食わしてあげる」と言ってくれた。バイトに雇おうとは、思いつきもしなかったに違いない。

そして、マディがどうして困っているのか、詳しい事情はなにも訊かない。なんで辞職した？　なんでウェイトレスなんだ。もっと建築士らしいバイトはないのか。こういう、野暮だが常識でもある質問を、彼は一切しなかった。

やさしい無関心。いつも、狭い路地路地で肩がふれ合う親しさなのに、お互いの過去や微妙な私事には近づかない。そんな暗黙のこころばせが、この辺《あた》りにはある。にべもない、やさしい親交が。

黒い偉丈夫、『キジコ』のカリムは、いかにもアルファマ流なのだ。母の死を機に、ここへ移り住んで、よかった。

店を出て、古い石の径をのぼりながら、彼女は思った。カリムとアルファマに感謝した。救いだ。この身命《しんめい》の底は、おそらく永遠に地獄だけれど、それでも、必死に生きていたら、時には、こんな救いの糸も投げかけられる。

ありがたい。いとおしい。アルファマ。

マダレーナ・マリアは、また、グラッサの小屋を想い出した。

6

その日の夜、ロドリゴ・サントスに電話をかけた。

フォンセカ事務所に勤務して三年目の建築士だ。キャリアはマダレーナと同じ十年選手だが、建築士になったのがやや遅く、年は彼女より三歳上だ。事務所では彼が、いちばん気の合う同僚だった。

「待ってたよ。なんだよ、いきなり撤収しちゃって。元気？」

「うん、元気だよ。バイトも見つかった」

「早いね。講師系？」

「ううん。ウェイトレス」

「ん？　なに？　ウェイトレス？」

「うん。アルファマの『キジコ』。アフリカ料理。うまいよ。食べにきて」

「食べにって。いやいや、なに言ってる？　なんで、そんなバイトなの？　建築士だよ、きみ、先生。しかも、敏腕。フォンセカ組のスターなんだよ」

「はあ？　いいじゃん、別に、なにやったって。案件取れるまでだよ。すぐお金要るしね。バイト探しやってるヒマすらなかったの」

「へええ」

「でさ、ぜひ助けてほしいのよ。案件、あったら紹介して。お願いします。もう、なんでもいいから。墓でも火葬場でも」

「マジ？」

「マジ。本当に、なんでもします。設計と名のつく行為なら」

「刑務所は？」

「えっ、刑務所？　それって、事務所の新着案件？」

「さすが。お見通しだね、マリアさま。P＊＊刑務所のコンペ、やるんだって。きょう聞いた」

「へえ、そうなんだ。フォンセカ先生、刑務所は初めてでしょう？」

「らしい。で、先生、けっこう燃えてるよ」

「あなたもやるの？」

「いや。俺は別件。これは本来、きみの案件だよ。居《い》たら、ぜったい任されてたね。S市庁舎の快挙により、いまや『公共建築のマリア』だからね」

「なに、その呼び名？　ダッサ。勝手に捏造しないでくれる？」

「えへへ、すんまへん。でも、ギリで逃げたね、きみ。ニアミスで刑務所を免れたじゃん。ラッキーだよ。だってさ、いくら設計マニアでも、監獄ってのは、ちょっとねえ？」

「そう、だねえ」

「そりゃさ、結局はディテールだよ。なに建てたって、やり甲斐っちゃ、そこじゃん。刑務所だって、細部はきっと面白いよ、めんどくさくって」

「うん」

「だけどさ、マニアな俺も、根はまじめなわけよ。普段なら箱や思想は選ばないけど、監獄だよ。『管理』だろ。至上目的が『管理』ってのは、ねえ」

「たしかに」

「やっぱ、ダ・コスタは凄いわ。運まで味方につけてるよ。撤収だって、絶妙なタイミングでやっちまった。もうちょっとで刑務所組にぶち込まれるとこだったのに」

「……それはそれは」

「で、なんで辞めたの？」

「……ちょっと、それは言いたくないな。一身上の都合、です」

「ふむ。俺の読みじゃあ、先生だな。口説かれたね？　いや、答えなくていいよ」

「…………」

「じつはさ、へんなうわさが立ってるんだ。俺は完全にガセだと思うけどね」

「どんな？」

「きみがフォンセカ先生を口説いて、先生は迷惑した、って」

「ええっ？」

マダレーナは慄然とした。電話を持っていた左手に力が入り、上体が前に傾いた。

ロドリゴが、落ち着いた口調で説明を始めた。

「先生が事務所でみんなに報告したのは、体調不良ってことだった。残念ながら、ダ・コスタ君は体調不良で辞めました、って」

「そう。わたしがそう申告した。体調不良で辞めます、って」

「あ、そう。じゃ、きみの申告どおりだね。表向きは」

「……で？」

「でさ、ネットだよ。最近、インターネットで『掲示板』ってのがはびこっててさ、だれでも匿名で、あることないこと書き込めるんだ。そんな下衆《げす》なたまり場、きみは見たことないだろうけど。全くくだらんよ。根も葉もない流言飛語《りゅうげんひご》から、最悪は誹謗中傷まで」

「そこで？」

「フォンセカ建築設計事務所の女建築士、マダレーナなる人物が、所長のディエゴ・フォンセカに性的関係を迫ったが、まるで気のないフォンセカは困惑した末《すえ》、事実上、彼女を解雇処分にした、ってんだよ」

「…………」

「嘘だね。ガセだ。俺にはわかるよ。性的関係？　って、じゃあ、まず性欲がなくっちゃ、始まらんよね。きみにそんなものは、ない」

「クッ」

おぼえず失笑した。自嘲ではない。

ロドリゴの鋭さと彼特有の剽軽《ひょうきん》さに、マダレーナはしばしば笑ってしまうのだ。希少な男だ。自分が施主なら、設計は彼に依頼したい。的を射た物が飄飄《ひょうひょう》と建つだろう。

「ダ・コスタは、そんな女じゃない。性欲なんてかわいいものを持ってるくらいなら、とっくに俺の秋波に応えたはずだ。この俺の色気をもってしても風馬牛とは、すなわち、きみには男に対する性欲がそもそも、ないってことだよ」

「ほう」

もういちど苦笑いしながら、マダレーナは相槌で先をうながした。

「では、女が性欲以外で男に迫る場合は、どうか。これも定番、物欲、名誉欲だよね。金銭欲とか、出世欲とか。いわゆる枕営業ってなもんね。けど、ダ・コスタ氏には、その必要もない。もう充分、出世しちゃってるから。フォンセカ師匠の一番弟子、大抜擢のスターだよ。媚びなんか要らないどころか、むしろ、ここにきて、下手《へた》な小細工は禁物でしょ。正々堂々スターを続けて、独立後も、師匠とは爽やかな盟友となるべきですよ。寝てる場合じゃないんだよ」

「アッハハ、その通りだね。まったく」

「だろ？ガセなんだよ。くだらんわー。だけどね、正直、俺の読みでは、発信者はフォンセカ先生自身だね。匿名だから」

「えっ？　まさか先生が？　いや、ないでしょう」

「ある。先生だよ。ふられた腹いせさ。きみは言いたくないんだから、言わなくていいけど、きっと先生がなんか、言い寄ってきたんだろ？　それを断ったきみに、腹を立てたってわけさ。よくある話だ」

「そうかなあ」

「そうだよ。『フォンセカ事務所・マダレーナ』で検索したら出てくるんだけど、そのスレッド、へんに伸びててさあ。かなり具体的な書き込みもあるんだ。例えば、こないだの土曜、リベルダーデ大通りのR＊＊で、きみがセクシーな黒ワンピを着て、シャンパンをがぶ飲みして、酔ってフォンセカを誘惑してた、ボディー・タッチが凄かった、とか。こんな具体性はね、その場に居た人じゃないと書けないよ。目撃しないと。実際目撃した上で、その詳細を歪曲して書いてる。しかも、その目撃者は、フォンセカ自身にほかならない。と、俺は読む。きみが事実、先生とR＊＊に行ったかどうかは知らないけど、俺はそう推理してるよ。口説かれて逃げたのは、先生じゃなく、きみだ」

にわかに、うすら寒くなった。幻滅はこころを腐蝕する。酸が白いエナメル質を喰《く》うように。

フォンセカも人間だ。プライドを傷つけられたら、意趣返しの一つもしたくなるだろう。しかし、まさか、こんなケチな手段を採るとは。インターネットの掲示板？

しかも、卑劣だ。嘘を書いているのだから。

確証はなくても、ロドリゴの推察が正しいと思う。

マダレーナは無名の一個人だが、フォンセカは多少、名の知れた人物なので、土曜のR＊＊の晩餐を、第三者が目に留《と》めた可能性は、高くないにせよ、ある。けれども、それをわざわざネットの掲示板に、しかも事実を曲げてまで書き込み、鋭意、彼女を貶《おとし》める必要があるだろうか。

ない。第三者には、ない。犯人はフォンセカだ。

あの穏やかな先生が……。マダレーナは怖くなった。首の後ろがうそ寒い。

どんな恐怖も、憎悪も、かつてみた地獄へのそれには及ばない。遠く及ばない。

けれど、この幻滅が誘発した、人間への言い知れぬ不信感、恐怖感は、新たな地平から彼女の生に、じっとり冷たい陰を落とした。

一度地獄をみたからといって、その後は人からどんな悪意や邪気を向けられても驚かない、平気だ、とはならない。こころは、抗体など作れないのだ。どんな抗体も。

マダレーナは電話を耳に当てたまま、口から重い息だけを吐いた。

「気にするな。俺も失望したよ。せこ過ぎるわな。あのフォンセカ先生が、まさかさ。人はほんとに見かけによらないんだ、って勉強になった。とくにネット社会では、ってね。けど、ネットのうわさごときに実害はないよ。そりゃ、めちゃくちゃ不愉快だけど、それだけさ。仕事に差し支えたりは、ない。だいじょうぶ」

「そうだね。どうでもいいわ。でも、教えてくれて、ありがとう。真相は、いっつも知りたいから」

「うん。元気出せよ。案件、出たらすぐ回すよ。ほんとに小さいのでもいいんなら、大工のミゲルあたりが口利《き》いてくれるかもよ」

「ありがとう！　当てにしてる。お願いね」

「オーケイ。じゃ、おやすみ」

「おやすみ」

左てのひらの中の電話に、小さな水滴がついていた。

もう一度、重い溜め息をついた。両肩が落ちた。

有無を言わせず即退去したのは無礼だったかもしれないけれど、負い目はじゅうぶん感じていたし、なにより、フォンセカの名誉のために、自分は、ロドリゴを含めた誰にも、裏の真実を明かさなかった。

それなのに、フォンセカのほうは……。

マダレーナは壁の白い茫洋を眺めた。

「建築の妖精」。妖精の匠《たくみ》にあこがれて十六年、あるときは行き倒れ、あるときは雌伏しつつも、突っ走ってきた。そして遂に、そのそば近くまで来た。至近距離まで。

すると、それは妖精ならざる、なにものかだと判然した。もっと生臭くて、よこしまで卑小な、なにものかだ。

それを「人間」と呼んでしまいたくない。「それが人間だ」とは、言いたくないのだ。

むろん、マダレーナ・マリアたる人間は、現実から目を逸らさない。なにがあろうと、現実を凝視し、現実と斬り結び、現実を穿《うが》つ。

しかし。

ディエゴ・フォンセカなる男を媒体に現前した、この生臭い、よこしまな卑小さ。いじましい悪意。

これが、人間なのだ。とは、言いたくない。言うものか。

ただ、見えてしまった現実を正視し、理解し、こう言うのなら、やむなく認める。

——それも、人間なのだ。

苦かった。この苦い認識はマダレーナの意気を蝕《むしば》み、厭世《えんせい》の地下へと引き摺《ず》った。

一方、この認識には副産物もあった。

おかげで、フォンセカへの罪悪感が消えたのだ。洗い流されたとか、一掃されたとか、そんな鮮やかな消え方ではない。灰色の雲や霧のごとく、知らぬ間に散らされていた。人の感情ほど論理的なものは少ない。その因果の確度は、物理現象、しかも古典の、ニュートン力学の現象にさえ劣らない。

そう来ましたか、大先生。いやいや、ビックリ。とんだ御見逸《おみそ》れ、つかまつりました。

フォンセカ師匠の元高弟は、大脳の内でひとりごちた。

いっそ、いくらか気は晴れた。期せずして、元師匠への負い目だけは散ったのだ。彼から予期せぬ作用を受け、運動の第三法則により、おのずと、反作用が彼女の中に起こった。もはや負い目は感じない。心置きなく、去り切れる。

とはいえ、恩は恩だ。最後の陰険な一撃で、七年の厚遇と鞭撻《べんたつ》が全て無に帰するわけではない。フォンセカへの感謝は消えない。

ただ、もう、すっかり去る。

マダレーナ・マリアは、人に間接かつ陰湿な仕返しをする人種ではない。ディエゴ・フォンセカとは畢竟、棲む次元が違うのだ。

先生、ありがとうございました。感謝をします。さようなら。

今度は皮肉を交えず、素直な心の内で独白した。

建築士ダ・コスタと、「建築の妖精」フォンセカが、このさき、再びあいまみえることはないだろう。

と、思われた。

7

索漠とした思いに囚われ、漫然と時を過ごしてしまった。気がつけば、夜更けだ。シスター・ペレイラに早くメールを書いてしまうほうがよい。

彼女はサンタ・セシーリア教会の関係者で、マダレーナの寄付を管理してくれている。教会はマドリッドにあるのだが、シスター・ペレイラはポルトガル人で、五十過ぎの真摯な修道女だ。有能でもあり長年、慈善活動の現場を仕切っている。実践の人だ。

あしたの朝一番に読んでもらうつもりで、マダレーナはメールを書いた。

シスター・ライラ・ペレイラ。文頭にそう打ったら、背中にすじが通った。落ちていた両肩が静かに起きた。

シスター・ライラ・ペレイラ

　おはようございます。

早速ですが、このたび失業致しました。つきまして、大変恐縮ながら、送金をしばらくお休みさせて頂きたく、ここに連絡を差し上げました。

失業は失態、己の不徳の結果と、自戒しております。

しかし、ひとかどの職業人として立ち、自然に死ぬまで、精一杯生きるという、あの日ペレイラ先生の前に誓った信念は、少しも揺らいでおりません。

退所の朝、先生から戴いたサン・テグジュペリの言葉が、終生、私の柱です。「己の中心に大聖堂を建てようとする者は、既に勝利者だ。他人が完成した大聖堂の管理人になろうとする者は、既に敗北者だ」

この至言を銘に、向後も変わらず、精進します。現在建築士としては失業中ですが、「己の精神に建てる大聖堂」は、今も休まず建設中です。

当面、飲食店でアルバイトをして生計を立てます。が、できるだけ早く設計の仕事を見つけ、生活基盤を回復し、御教会への送金を再開致したく存じます。

ペレイラ先生、これからも、どうぞ宜しくお願い申し上げます。

ご自愛ください。

あしながおばさんこと、
マダレーナ・マリア・ダ・コスタ

予想に反して、なんと、五十分後に返信が来た。

もうすぐ夜中の一時だというのに、この人は、本当にカトリックの尼僧なのか。肖っ張りの尼さんとは。

マダレーナは、うれしさと懐かしさに衝《つ》き上げられた苦笑いを、満面に浮かべた。右眼だけギュッとつぶって笑ってしまった。まるで、生きのいい酸っぱいシトラスをかじったときみたいに。

かつて数ヵ月、シスター・ペレイラの庇護のもとに暮らした。あれから十数年を経たけれど、この人は変わらない。

どことなく修道女らしくない趣《おもむ》き。破戒めいた、とまでは言わないし、決して「なまぐさ坊主」にも見えないのだが、なんと言うのか、彼女は、どこか、聖俗を超えたところに飄然と居る感じがするのだ。

マダレーナ・マリア　様

御連絡、ありがとうございます。承知致しました。

余裕を回復されたら、是非また御送金下さい。定期で。

サン・テグジュペリのあの箴言《しんげん》を大切にされている由、悦ばしく存じます。私は、形式ばかり大仰《おおぎょう》で内容の伴わない似非《えせ》信仰が嫌いですので、あの大聖堂の喩えが昔から気に入っています。つまり、あれは私自身の座右の銘なのです。

あの日あなたを送り出す時、ふと共有したくなりました。他《ほか》の子たちとは違って、あなたには、現世と戦って勝って欲しかったから。それに「カテドラル建立《こんりゅう》の比喩なんて、建築家志望のマリアにぴったりだわ」とも思い至って、内心、得意になったものです。笑
職に身を献げるのは最も良い生き方だと思います。続行して下さい。ただ、諸々、用心はなさいますように。どんな変事に襲われるか、分かったものではありませんので。

先日は、同志の若い神父が死にました。心を病んだ信者に刺殺されたのです。怖《おそろ》しい。

私も気を付けます。不自然に死ぬのは残念ですから。あなたも、お気を付けて。お互い、自然に死にましょう。祈ります。

とはいえ、あしながおばさんこと、ダ・コスタ氏なら大丈夫です。「地獄の沙汰も○○次第」と申すでしょう？　真理ですよ。寄付は布施、布施は陰徳。命運の貯金というものです。あなたは陰徳を積んでいます。だいぶ「貯金」が貯まっていますよ。

お金は、この世で三番目に貴いものです。一番は信仰、二番は命ですが、お金はそれに次ぎます。そんな貴いものを、しかも収入の四分の一も出し続ける人など、まずいません。破格の陰徳です。

いい死に方ができますよ。あなたは殺されません。神の御加護を一身に受け、天寿を全うできるでしょう。天寿の長短は分かりません。神のみが御存知です。けれど、御加護を受けたあなたは必ず、時を得て穏やかに死ねるのです。

グレコの『聖母被昇天』が目に浮かびました。輝く月の黄。静謐《せいひつ》の青。

アヴェ・マリア。

ライラ・ペレイラ

追伸
深夜の黙想が昂《こう》じました。放談、お許し下さい。
要は、大丈夫、マリア。ファイト！

行間から漂ってくる。

俗のみならず聖も超えたところに立つ人だ。聖俗を止揚した上段に敷きひろげた雲の床を、ゆうゆうと裸足で闊歩している。この人に重力は届かない。

この域まで行きたい。聖俗の彼方へ。善悪の、清濁の彼岸へ。行きたい。行けるものなら。

自分にはしかし、行けるものではない。と、マダレーナは思う。

ライラ・ペレイラは、どんな生を来たのだろう。濁世でどんな傷を穿たれ、穿って、信仰の道に入ったのか。何に遭い、何に克《か》ったら、こんなところに行けるのか。

超克なしに雲の床に乗れる者など、いない。人は一人残らず、雲の下に生まれるのだ。では一体、どんな、どこまで悲痛な超克を遂げたら、雲の上に出られるのか？

シスター・ペレイラは、一修道僧として祈りの生活を送ると同時に、慈善のシェルターと養護施設の運営も、現場でおこなっている。

往々陰惨な現場だ。血や涙という、なまの体液が絡む。入所者の異常行動や争い、最悪は自殺もある。

ペレイラ先生は、それほど生々しい、わが身の危険さえ伴う場所で、他人の痛苦と体液を浴びながら居る。

それなのに目には、エル・グレコ。彼女のこころの眼に結んでいるのはいつも、グレコの白なのだろう。

体液の捨象はおろか、四肢も自在に引き伸ばし、幻想にまで抽象化した人物像。画家の手で人は血抜きされ、デフォルメされて、もはや人でなくなっている。色なのだ。人が色に昇華する。グレコだけの高貴な青、黄、赤……の色そのものが、人なのだ。人が色になる。

そして最後に、その色たちが白になる。色の彩《あや》が互いに高まり、収束して、白に至るのだ。白は光だ。

グレコは、人を色に昇華させ、色を光に昇華させる。どす黒い血が、白い魂になる。

修道女ライラ・ペレイラは、エル・グレコだ。

マダレーナは、そう感知した。ここ数時間、胸の底に沈殿していた、黒い汚泥《おでい》が流された。

胸の前で両手を組んだ。

まず初めに明日、『キジコ』のきれいなトイレを、なお一層きれいにしよう。と、こころに決めた。

8

カリムが掃除の鬼だという事実は、彼の料理が美味だという事実に劣らず、有名だ。

五年前、初めて『キジコ』で食事をして、美味と清潔、二極に驚き、マダレーナは声を出さずにいられなかった。

「とんでもなくきれいですね。床、壁、天井、什器に食器、そして果てはトイレットまで」

シェフをつかまえて、わざわざ言った。

カリムは誇らしげにほほ笑んで、

「ありがとう。お目が高いですね、お嬢さん。わたしは修業時代、師匠に叩き込まれたんです。旨い料理は、掃除に始まり、掃除に終わる、と。料理人は、調理と同じだけ、掃除にも徹しなければならないそうです」

と答えた。

「ああ、そういう背景をお持ちなんですね」

「はい。店が流行《はや》らなくなったら速攻、清掃業者になります。マジで、食える自信ありますよ」

と、片眼をつぶって見せた彼のあのウィンクを、思い出す。それは人なつっこい茶目っ気にあふれていたけれど、マダレーナはその一閃《いっせん》に、修業を経たプロの矜持《きょうじ》と厳しさを見て取った。

そんなシェフに対して、「我《われ》、トイレ掃除に自信あり」と豪語してしまったのだ。もう、並みの作業では許されない。

一考してマダレーナは翌朝、歯を磨いたあと、その歯ブラシを持って、『キジコ』に初出勤した。

本業で着るベージュの作業服で行こうか、とも考えた。だが、接客時にそれでは立ち行かない、制服のある店ではないのだから、と思い直した。

昼空《ひるぞら》にかかる三日月のように白いTシャツと、洗いざらしのデニムで行ってみたら、果たしてお咎《とが》めはなかった。

カリムは、やはりアルファマ流なのか、めっぽう晴れやかに、それでいて淡々と新入りを迎えてくれた。開店時刻の二時間前だ。

こぢんまりした店内に、四人掛けの木のテーブルが五卓あるのは、マダレーナも既によく知っている。しかし、ホール専従のスタッフとはいえ、きょうから内輪の一人となるため、奥の厨房にも案内された。

予想外に広い厨房は、文字どおりピカピカ光っていた。シンク、作業台、焜炉《こんろ》、フライヤー、オーブン、冷蔵庫……すべて、そのまま、いますぐ、業務用キッチン・ショールームに出せる。

けおされた。それら並みいる銀鏡《ぎんきょう》の輝きたるや常軌を逸し、マダレーナの目には、嫌味の域に達していたのだ。

毎夜ここまで磨き上げたら、さばいた肉や魚の血へのルミノール反応すらなくなるのではないか。と、彼女は一瞬、本気で思った。

えらいこった。こりゃ、トイレ掃除も、歯ブラシなんかじゃ足りないぞ。日本製の歯間つまようじを買ってくるんだった。

威圧されつつ、反面、気味よくもあった。カリムが自分と同じく、極度に真摯な職業人だと思えたからだ。

全ての悪の根因は、人が人を評価することにある。マダレーナ・マリアには、そう観える。おぞましい暴行も、虐待も、テロも、戦争も、原因を究め切れば、そこに行き着く。

だから彼女は、憎む。人を評価するのも、人から評価されるのも。

彼女にとって「原罪」とは、それに他《ほか》ならない。人間は、僭越《せんえつ》にも、評価という不遜な行為を覚えたから、「楽園」を追放されたのだ。

人が人を評する行為を、根本ではそれほど嫌忌《けんき》しているけれど、マダレーナ自身もまた、この「原罪」から自由になりきれてはいない。

例えば、たったいま、無意識にカリムを評価してしまった。「やるな、この男。並みじゃない」とばかりに、心の内で敬礼したのだ。

ともあれ、かくも徹底した職業人のもとで働かせてもらえるのは、ありがたい。たとえアルバイトでも、やるからには真剣に極めたい、というのが彼女の体質だった。

固定メニューには合計、三十一種の料理があった。前菜が十一種、サラダ、タジン、クスクス、デザートが、それぞれ五種ずつ。その他、毎日、三、四種の料理が、その日のメニューとして出るらしい。

その日のメニューと、その日のワインを、壁の黒板に書くのは、マダレーナの仕事だそうだ。

お客の数は、満席でも二十人なので、ホールは、なんとか一人で切り盛りできる。できなければならない。

厨房は、シェフと見習いが二人で回す。見習いもモロッコ人移民の息子だけれど、こちらは白人の若い男子だ。漆黒の肌を持つカリムの両親は、母国モロッコでも極マイノリティだったのだ。

カリムがホール・スタッフを急募していたのは、妻の負担を軽くするためだという。妻と言っても事実婚だが、もう十年以上いっしょに居るらしい。

レベッカという名の彼女は、サーカスの空中ブランコ乗りなのだが、夫の店に人手がないときは、やむを得ず、限界いっぱい手伝っている。この人は白人で、背が高くて痩せていて、マダレーナに似た体形だ。人柄は夫と似ていて、どこまでも気さくで朗らかだ。

こんどマダレーナが雇われたおかげで、レベッカは幸い、来なくてよくなった。貧窮した建築士はすすんで、定休日の火曜以外、毎日フルタイムで働きたがっていたからだ。

カリム、レベッカ、マダレーナの三人ともが喜べる運びとなった。あとは、この新参者が一日も早く仕事に慣れて、良いウェイトレスになればいいだけだった。

9

慣れた。

およそ二週間で一応、カリムと見習いの指導を請《こ》わずに、あらゆる任務をこなせるようになった。

三十一種の料理の特徴と魅力も逐一把握し、お客に対して滞りなく、親切に説明できるようになった。運よく、皿やグラスを落としたりする物理的ミスもしでかしていない。

週六日、一日十時間の勤務をした。正午から午後四時まで働き、二時間の休憩をはさんで、再び、午後六時から零時まで働く。業務内容は、いわゆる接客と清掃。料理には参加しない。

一日二食のまかないが付くので、食費の八割が浮いた。一ヵ月働けば、アルバイト料が、むかし大手建設会社でもらった初任給と同じくらいの額になるため、アパートの家賃等も払ってゆける。

マダレーナには、衣食住の「食住」が問題なのだが、これで、どちらも成り立つわけだ。カリムの『キジコ』のおかげで、路頭に迷わず、食べてゆける。

大きな変化でもあった。

毎日、たっぷり七時間眠り、十時間肉体労働をし、パソコンを使わず、ほとんど座ることもない。設計士には、あり得ない生活だ。対極とさえ言ってよい。

設計士は、ほぼ常に大幅な睡眠不足で、しじゅうパソコンの画面を睨んで眼を酷使し、ほとんど椅子に腰かけている。なんて体に悪い生活なのだ。

翻《ひるがえ》って今は、この上なく健康だ。よく動き、よく眠る、フィジカルな日々。血もよく巡って、まるで若返った心地がする。

たしかに、建築士だ。建築士以外のなにものでもない。マダレーナ・マリアにとって人生は、すなわち建築設計業なのだ。

「仕事が命」とは、俗にも言う。だが、九割以上は比喩だろう。マダレーナには比喩ではない。字句どおり、仕事が生命なのだ。

心臓が止まって、死ぬ。むろん、それは彼女も同じだ。ただ、自分の場合、「これで仕事が了《おわ》った」と会心したとき、おのずと心臓が止まるだろう。マダレーナには、そう感じられる。

それが自分にはごく自然であり、それ以外の死はあり得ない。フォンセカ事務所で仕事を始めて三年目に、ふと気づいたら、この直覚がもう、こころにすんなり着床していた。

仕事を結了したら、死ぬ。仕事が命だ。マダレーナ・マリアに、建築以外の人生は、ない。けれども、だからといって、いま現在の生活を、かりそめとして軽く見るのは、間違いだ。

『キジコ』における労働の日々は、麗しい。

まず、至って体に良い毎日だし、そのうえ、精神衛生の度合いも高い。多くのお客と直《じか》に接して、よろこぶ顔が目の前に見えて、「ありがとう」と肉声で聞かされるのだ。これほど直《ただ》ちに報われる仕事は、そうないだろう。

ロドリゴ・サントスから案件が紹介されるのを待つ一方で、最近インターネットで充実してきた、施主と設計士のマッチング・サイトをフォローしつづけ、早く依頼の縁を得たい。それは心底そうなのだけれど、アルバイトの日夜もまた喜ばしいので、当分、続いてくれてもいい。

がぜん、不本意な失業に見舞われたけれど、新たな恩人たちが現れてくれて、いまや、「なんとか凌《しの》げる」どころか、「なんとも楽しい」境遇に居る。

マダレーナは、じっと感謝した。人に。神に。

教会に行けなくなって、もうすぐ十三年になるけれど、彼女は依然、カトリックの篤《あつ》い信者だ。幾多のポルトガル人がそうであるように。

たかが失業を「試錬」と呼び、たかが就職を「恩寵」と呼んでは、あまりに仰仰しい。語の選択が間違っている。試錬も恩寵も、神が与える至高至大のものなのだ。

では、『キジコ』への就職は、恩寵に似た賜りもの、とでも呼んでおこう。マダレーナは当面、いままで知らなかった、肉体労働と対人サービスの喜びに身を投じることにした。

『キジコ』に就職して、まさに神の恩寵にも似た、すこやかな日日が始まった。

この店を抱《いだ》くアルファマが、どこかサンクチュアリのように思えた。フォンセカ建築設計事務所がオフィスを構えるリベルダーデ大通りは、遠い異郷の戦地だった。

そんな日日が五週間、続いた。

六週間目に突如、途絶えた。聖域が侵された。

10

八月の下旬が始まった。

夏の暑気は残るどころか、増しているかに思われる。テージョ川から立ちのぼってくる、藻《も》屑《くず》をはらんだ水の匂いが、アルファマの路地に満ち澱《よど》んでいた。

きょうも『キジコ』は例のごとく、ランチもディナーも、予約で一杯だ。カリムが清掃業者に転身するなら、来世《らいせ》以降になるだろう。九分九厘、まちがいない。

八時に、予約の四人が来た。夫婦か恋人同士といった風情の男女が二組。全員、三十代に見える。

マダレーナは対面して最初の一、二秒に、彼らからスノビッシュで、やや陰性の波動を感じ受けた。店にとって初めてかどうかは知らないけれど、彼女にとっては初めて見る客たちだった。四人とも、見知らぬ人だ。

入店六週目の新人ウェイトレスは、彼らを微笑で歓迎し、いちばん奥のテーブルに案内してメニューを渡し、ルーティーンどおり、いったん下がった。

オーダーの頃合いを見極めるべく、カウンターの前で待機していると、四人のうち一人の女性が、こちらを見て、目を離さなかった。連れ三人の存在も忘れてしまったかのように、マダレーナだけを、しかも見開いた眼で、見つめていた。

マダレーナは「きっと、知り合いと間違えてるんだ」と思って、その異様な凝視に反応は返さず、ちょうど呼ばれて、他のテーブルの追加オーダーを聞きに行った。

そのオーダーを厨房に通したあと、ゆっくり歩いて、見つめる女性のテーブルに行った。

「なに飲まれますか」

四人にまんべんなく視線を配って、やわらかく尋ねた。

まっさきに、その女性が声を発した。

「もしかして。ダ・コスタさん？」

とっさに体が反応した。臍《へそ》の下あたりから、衝撃が突き上がった。直後に震えがくるほどの酷い突きではなかったのが、せめてもの救いだ。

狼狽を押し隠し、笑みを造って、ダ・コスタは答えた。

「はい。そうですけど、どうして？　どこかでお目にかかりましたか？」

するといと女性は弾《はず》んで両腕をひろげ、再び、しかし今度はいかにも嬉しそうにパッ、と眼を大きく見開いた。

「わあ！　やっぱり。ダ・コスタさんだ。あのミステリアスなマダレーナよね」

みだりに興奮した彼女は、隣りの男性に向かってしゃべりはじめた。

「大学で一緒だったの。建築学科のマドンナよ。わたし、せっかく必死で勉強して、女は三割しかいないG＊＊工科大学に入ったのに、この人がいたおかげで、ぜんっぜんモテなかったの。綺麗だから、ほら、この格好だって、さまになっちゃう」

女は、マダレーナがデニムの腰に着けている、茶色の短いサロンをゆびさしながら、高音調でまくし立てた。

「でも、なんでまた、こんな……いや、あの、こういう場所で働いてるの？　建築士なんでしょ、もちろん？」

「あ、はい。まあ、その、いろいろと。過渡期というか、準備中で」

マダレーナは心の動揺とは裏腹に、本能からか、事実を伝えた。

「あ、そうなんだ。短期バイトってわけね」

女は大袈裟にうなずいて見せ、隣りの男とマダレーナを交互に見ながら、せわしなく熱弁を続けた。

「この人ね、美人なだけじゃなくって、すっごく優秀だったのよ。だから有名なの。学生コンペで大賞取ったり。いわゆる才色兼備ってやつ。だけど、入学してすぐ一回、消えちゃったの。どこへともなく、忽然と。ねえ？　でも、次の年には復学してた。学年は一つ下になっちゃったけど、みんな知ってたわ。突然の休学がまた謎めいてたから、『ミステリアスなマダレーナ』って呼ばれてたの。ね？」

しまいに同意まで求められても、マダレーナはただ、惑乱するばかりだった。震えこそ襲わなかったが、口の中は乾き上がり、氷と同じくらい冷たい汗が体の芯から噴き出していた。

なぜだ？　なぜ、かくも広いリスボンの空の下、よりによって、こんなやつが、このアルファマの、この店に、いま、こじ入《い》ってこなければならないのか。十数年もの時を経て、たまたま自分が働いている、この短い期間を選《え》りに選《え》って。

マダレーナは奥歯を噛み締めた。

こんな女は、わたしの記憶にない。なのに、わたしは、この女の記憶にある。あるどころか、あり余って、好奇の目に晒されている。この女の、いわれなき、ただ淫らなだけの好奇の目に。

そのとき別のテーブルか、厨房から呼ばれていれば助かったのだが、あいにく呼ばれず、駄弁の腰は折られなかった。

対応するしかない。まず、作り笑いで間《ま》を埋めた。

「……じゃあ、あなたも建築士なんですね。アトリエですか」

なるたけにこやかに訊いたつもりだ。

女は、右てのひらをこちらに向けて左右に振りつつ、首も左右に小さく振った。そのしぐさと、アヒルのような口つきが、童顔に合っている。三十代半ばには見えない。

「ううん。資格は取らなかったの。じつは、ほぼ専業主婦。ほぼ、ね。建築関係のライターやってるの。建築雑誌がメインだけど、最近は一般の情報誌でも建築の特集が人気でね。けっこう仕事があるのよ。自分で企画を出したりも。あっ、こっちが旦那です。内科医。シアードでクリニック、開業してるの」

紹介された隣りの男は、ふちなしのメガネをかけていて、地味だが穏やかそうな面差しだった。シアードは、高級ブランド店や高級レストランが集まる、リスボン随一の商業地区だ。リベルダーデ大通りも近い。

マダレーナは黙って、彼と一礼を交わした。

とりあえずは、ことなきを得た。話題の主語が「ミステリアスなマダレーナ」から、建築ライターとその夫に移行したところで、すかさず、ウェイトレスは飲み物の注文を取った。

それから二時間足らず、食事とワインを楽しんだあと、四人は帰った。マダレーナも、二度は捕まらずに済んだ。

ただ、シアードの開業医と結婚している建築ライターは、帰りがけに、自分の名刺をマダレーナに手渡した。

「また、なんかありましたら」

と、ほほ笑んで。

言葉自体は空洞みたいな紋切り型だが、しかし、添えられたほほ笑みは違った。その微笑は稠密《ちゅうみつ》で、しかも、この上もなく特定の意味を、錐《きり》のごとく尖鋭に、指し示しているかに見えた。女の童顔とは相容れない、不敵で蠱惑《こわく》めいた笑みだった。

「なんかありましたら」？　なにもあるか、野次馬め。

マダレーナは、暗い影の兆しを振り払うように、自分で自分に虚勢を張った。

あと半月もすれば、三十四になる。三十四年生きてきて、失敗もたくさんしたけれど、後悔していることは、一つもない。

悔恨は、ない。良心の呵責も、ない。

ただ、後ろ暗さは、多少ある。

そして、えぐり込まれた、癒えることのない傷が、ある。

「ミステリアスなマダレーナ」などと呼ばれたくない。

よく「世間は狭い」と言う。「古い過ちは長い影を落とす」とも言う。そのとおりだ。

あんな女が、サンクチュアリに闖入《ちんにゅう》してきて、探偵みたいに笑って名刺を置いて帰った。

マダレーナの記憶には影の片鱗すらも残っていない、その女の名は、エマというらしい。

デニムのポケットに押し込み、いちおう自宅に持ち帰ってきた名刺を、居間に座って、見返してみた。

建築ジャーナリスト　ノンフィクション作家
エマ・カルドーゾ

「ジャーナリスト。ノンフィクション。はっ！」

マダレーナは、声を吐き出した。

人の墓、暴《あば》くな。おのれの墓穴、掘るぞ、馬鹿。

またもや奥歯を折れるほど嚙み、フリー・ライターの名刺にしてはやたらに上質な紙を、縦、横、縦と三回破って、ゴミ箱に捨てた。一刻も早く、ゴミ収集車に来てもらいたい。

11

黒い予感は当たる。

カルドーゾ夫人は、三日後に再来した。

今度は、夫でなく、若い男を連れている。大学院生といったふうで、おそらく仕事仲間だろう。二人でご来店だ。予約の名は、エマでもカルドーゾでもなかった。

今夜は、奥ではなく、出口にいちばん近いテーブルに案内した。マダレーナ自身が決めたのではない。たまたま、そうなったのだ。不運中の、とても小さな幸運だ。夏場の常《つね》で、出口は開け放たれている。

下腹に力を加え、顔に営業スマイルを着けて、応対した。

真紅のミニ・ワンピースをかわいらしく着こなした、小柄できゃしゃなカルドーゾ夫人は、女優並みの素敵な笑顔を演出して言った。

「このお店って、ワインもフードも最高ですね。おいし過ぎたから早速、友だち連れてきちゃった。写真家のジョアンです。彼もフリーランスなの。ジョアン、こちらは、建築士のマダレーナ・ダ・コスタさん。もうすぐ事務所を開業なさるの。でしょ？」

女優の角度に小首をかたむけ、なお魅力を足した、だめ押しのほほ笑みを纏《まと》って、エマはマダレーナを見つめた。

「あ、はい。やがて開業いたします」

なぜ、こうもまともな返ししかできないのか。マダレーナは、自分の如才なさのなさを嘆いた。対人の要領は生来、なさけないほど悪い。ほんとうにぎこちないバカだ。

彼女とは対照的に如才ないエマ・カルドーゾが、一秒も間《ま》を空けずに、華やかな提案を出した。

「あら、やっぱり。おめでとうございますう。前祝いにシャンパーニュを下ろそうかな。ボトルで頂くから、あなたも一緒に、ね？　一杯だけなら、お仕事中でも、いいでしょう？」

しまった。と、内心舌打ちしたけれど、瞬時に頭を回転させて、これは受けるしかない、と判断した。

シャンパーニュは、同じ物が三本だけ、店に用意されている。シャンパーニュとしては高価なほうではないにせよ、それでも、注文はめったに出ない。一本、百五十ユーロ。よく注文されるカヴァのボトルは七十ユーロだから、シャンパーニュは倍を超える。店の売り上げを考えたら、これを断る従業員など論外だ。

やさしい恩人カリムのために、ウェイトレスは私情を曲げて、フランスの高い泡ワインを通した。

「シャンパーニュ、入りました！」

厨房に向かって、声も通した。

「あざーーっす！」

カリムと弟子の華やいだ大声が返ってきた。マダレーナの顔に、ほんの微かな笑みが浮かんだ。

不意に彼女を、匂いがとらえた。クミンとシナモンの艶《あで》やかな高音に、ターメリックの通奏低音が妖しげに響く。

ここがジブラルタルの向こうだったら、どんなにいいだろう。いっそ、南の大陸で開業したい。

マダレーナは、一瞬の白日夢に身を浸した。

だが、三分後には乾杯していた。青いジーパンに茶色の前掛けを着けた給仕女《きゅうじおんな》は、立ったまま、中腰になり、優雅に着席した赤いドレスの作家と若いフォトグラファーに、よんどころなく、グラスを合わせたのだった。

あたかも北アフリカの異教の恍惚へと誘い込むような、なやましい香味の坩堝《るつぼ》のただ中で、マダレーナは手につまんだグラスを垣間見た。

黄金《おうごん》の酒を無数の泡が駆け上がる。一ヵ月と半月前、リベルダーデ大通りの屋上で見た光景だ。まさしく「光る景」なのだ。あのときの酒は、値段がこれの五倍だっただろうとは推測されるが。

ここは海の彼方ではない。リスボンだ。

いや、聖域は、どこにもないのだろう。たとえアフリカに渡っても。立って生きれば、戦場だ。

負けるものか。探偵女には、せいぜいしらばっくれてやろう。そうだ、あの休学は、肺結核のせいだと言おう。魔の山のサナトリウムに入っていたのだ、と。

それこそ、なかなか「ミステリアス」で、いいではないか。もっとも、エマ・カルドーゾがハンス・カストルプを知っているとは観えないけれど。

哲学的に思考するなら、ハンスの魔の山と、わたしのマドリッドは、同質だ。どちらも、未熟者が蒙《もう》を啓《ひら》かれ、心身を癒やされた「寺」なのだから。ライラ・ペレイラがセテムブリーニであり、部分的にはナフタでもあり、また、ある詩的な意味においてはショーシャでもあるのだ。

ライラ・ペレイラ。

わたしは負けない。おのれの中心に建てる大聖堂の建設は、どこのだれにも、邪魔させない。

マダレーナは、静かに身を構えた。

カルドーゾ夫人が、何を仕掛けてこようとしているのか。これは、見当すらつかない。そもそも「人種」が違い過ぎて、かのおんなの了見など想像できないのだ。

ただ、漠然とした直感はある。とうぜん、暗い直感だ。

なにかしら、うす汚れた波動。隠微かつ弱小にしてなお不気味な邪気を、エマなる記者から感じ受ける。彼女は、ロドリゴ・サントスが警告してくれた、インターネットの掲示板の下劣な闇をおもわせる。

深入りしてはならない。『キジコ』の営業上やむなく、シャンパン・グラスなど重ねたけれども、エマがこれ以上近づいてきたら、謝絶する。敬して遠ざけるのだ。

悪い縁は、結んではならない。マダレーナは、こころの中に建設している大聖堂の周りに結界を巡らせた上で、二人の客をアテンドした。

また無難に時が過ぎた。記者と写真家は、タジンとクスクスを堪能し、会計を済ませて領収書を取り、二人そろって席を立った。

しかし、そのとき、エマがマダレーナを呼び止め、ケリー・バッグから一通の白い封筒を取り出した。

「これ、読んでください。お仕事中に話しかけたら迷惑だから、お手紙、書いてきたの。けっして悪いお話じゃない、いえ、とってもいいお話よ。読めばわかるわ。どうぞ」

返答する間もなく、書状がマダレーナの手に握らされていた。電光石火で、かつ、しなやかな芸当だった。

「したたか」というのは、ああいう人間を指す単語なんだな。たったいま、この語の意味の実像を見た。

あっけにとられたまま、二人の背中を見送ったマダレーナの脳裡に生じていたのは、実見、実感による、つまり言語学習上理想的な、語彙の拡大のみだった。

12

名刺でも、ちゃんと読み直さずには捨てなかった。封筒入りの手紙となれば、なおさらだ。捨てる前に一度は全文を読む。不快な相手でも、最低限の礼儀はまもる。

それに、遠い過去から闖入してきた不吉な使者が、一体なにを企んでいるのか、知っておきたくもあった。自衛の本能だろう。

封筒、便箋、ともに淡い象牙色のパール紙だった。目にも指にも心地よい。まるで、高貴な祝宴への招待状だ。パールのそこはかとないきらめきが、シャンパーニュを彷彿させる。

「敵もさるもの」とは、このことだ。

マダレーナは図らずも、ほんの二時間前に続いて、実体験による、つまり理想的な言語習得を遂げるに至った。

建築士マダレーナ・ダ・コスタ　様

再会できるなんて、思いも寄らない好運でした。とても嬉しいです。貴女には私も密《ひそ》かに憧れていましたから。

失礼ですが、嬉しくなって、ご活躍の模様を知りたく、少し調べさせて頂きました。勿論、ネット検索レベルです。

目覚ましいご活躍ですね！　あのフォンセカ事務所で、しかもS市庁舎の設計を取り仕切られたなんて。そして今、独立開業に向けてご準備中とは！　まさに女性建築士のスター、いえ、違います。男性も含めて、新鋭建築士のスターです。

実は、女性向け月刊情報誌B＊＊が、専門職のうち、男性が圧倒的に多い業界で活躍する女性を取材して、毎号インタビュー記事を載せています。そこで、建築士に「これは！」と目を引く女性がいたら是非寄稿してくれ、と予々《かねがね》請われて参りました。

いかがでしょう。取材させて頂けませんか。

正直、今まで出会った女性建築士に、私が「これは！」と思える人はいませんでした。ダ・コスタさんが初めてなのです。

大学時代二ヵ月ほど同級生だっただけで、あとは学生コンペの大賞受賞等等の噂を聞いていたのと、直近のネット検索だけ。こんな少ない根拠で白羽の矢を立てて良いのか、と訝《いぶか》しがられるかもしれません。

いいのです。私の直感は百発百中。自信があります。貴女こそ、ただ一人の相応しい人物です。

インタビュー内容は、建築士になりたいと思ったきっかけから、学生時代、修業時代のエピソード、S市庁舎担当時の苦労と充実、トップ・キャリア女性としての思いや将来への展望まで、さまざまお伺いしたく存じます。けれど勿論、差し障りがあるとか、お気に染まないとかの内容は、厳に避けます。

ダ・コスタさんの意に反したり、少しでも嫌な思いをさせたりは一切しないと、お約束致します。

お願いします。フィーチャーさせて下さい。

これも私の直感ですが、貴女はメディアに取り上げられるのを名誉と嬉しがる軽い人ではありません。謙虚なかたなので、露出にはむしろ戸惑いを感じられるくらいでしょう。

ですから、他に何かメリットが必要かと思います。

確かに、B＊＊誌に記事が出ることにより、そのパブリシティから設計の依頼が舞い込むこともあり得るでしょう。けれど、その確率は未知と言わざるを得ません。

ここは、もう少し当てになるお話を致したく存じます。私には、ちょっとした知人のネットワークがございます。もう十年近く建築ライターをしていますので、多くの建築士たちと知り合っています。それで、家を建てたり、店舗やクリニックを開いたりする友人、知人にその建築士たちを紹介しているうちに、依頼者になり得る人々のネットワークも自然に出来上がってしまいました。例えば、私が紹介した建築士に店の設計を依頼したカフェのオーナーが、その後自分の友達や親戚が何かの案件で設計士を探し始めた際、再び私に「どなたか良い先生はいませんか」と打診して来る、といった具合です。

今すぐ特定の依頼者候補がいるわけではありませんけど、意外にちょくちょく出てくるのです。取材をお受け下さいましたら、今から直近に出てきたご縁をお繋《つな》ぎ致します。ただ、個人コンペ的、相《あい》見積もり的になってしまう場合も多いのですが、それでもよろしければ、必ずご紹介差し上げます。

貴女のような一流のプロフェッショナルに、回りくどい言い方は通用しないと存じ、思い切って率直にディールをご提案申しました。

是非お受け下さい。お願い申し上げます。

御返事や御質問はメールで頂戴できれば幸甚です。二、三週間お待ちしても御返答を頂けない場合は、残念ながらも、諦めます。

どうか良い御返事を下さい。お待ち致します。

エマ・カルドーゾ

感心した。頭の回る人間だ。いくぶん、礼儀もわきまえている。

ネット検索をしたという。では、さぞかし隅々まで嗅ぎ回り、つつき回ったことだろう。フォンセカが仕掛けたとおぼしき掲示板も含めて。

というより、その手の俗悪卑賤《ひせん》な書き込みにこそ、この女は胸を躍らせ、いちいち熟読したに違いない。自分、ダ・コスタに関して、どんな飛語や誹謗が出回っているのか、知らないけれど。

ここ数年でインターネットが世界に普及し、マダレーナも、仕事上の利便性から使ってはいる。しかし、腐った掲示板だのなんだの、ネット社会の汚い部分は見たことがない。覗いてみる気すらしない。ロドリゴ・サントスの明察どおりだ。

ある個人を攻撃するために、非難や虚偽や中傷をネットに書き込む者の気が、マダレーナにはわからない。また、自分自身の名を検索にかけてサーチをする人間の気も、わからない。そういう輩《やから》は一体、なんのために生きているのか、この、人生という名の短い時を。

ぬかりない書面を最後まで読み、一、二分考えたのち、マダレーナの目には一つの事実が、おもむろに焦点を結んだ。

二つの異形《いぎよう》がいま、エマ・カルドーゾの低俗なハートをつかみ、かき立てて離さない。という事実だ。

異形の一つ目は、十数年前の謎だ。なぜ、建築学科のマドンナは突然、姿をくらまし、その後、舞い戻ってきたのか。

二つ目は、現状の謎だ。なぜ、この建築士は突然、フォンセカ事務所を辞め、ウェイトレスなどやっているのか。

カルドーゾは、これら二つのめくるめく謎を解き、マダレーナの裸を見て、右手で口を覆ってほくそ笑みたいがために、雑誌のインタビュー記事を書こうとしている。取材ではなく、「捜査」がしたいのだ。

当然、名誉欲も伴ってはいるだろう。B＊＊誌に寄稿し、署名記事が出るのは、ライターとして誇らしいに違いない。

けれど、それは副菜に過ぎない。カルドーゾ夫人にとって、主菜はあくまで、マダレーナのいかがわしさなのだ。

ミステリアスなマダレーナ、あのとき、何があったの？　なぜ大学を休んだの？　そして、いまは、なぜウェイトレスなの？　建築の妖精、ディエゴ・フォンセカとは寝たの？

エキゾティックなアルファマの、とあるレストランに行ってみたら、注文もしていないのに、いきなりポッと出された、思いがけない大好物。「これは！」とばかりに夫人は、いますぐその生肉を貪《むさぼ》りたくてしかたがないのだ。ガッ、ガガッ、ガッ、と、野獣のごとく。

詮索欲は、いやらしい食欲や性欲に通じる。と、マダレーナは思う。生命活動の食欲や性欲を否定するつもりはない。だから「いやらしい」と限定している。

ゴシップ好きで覗き見根性に満ちた人間はきっと、異常な食欲と性欲にも囚われているだろう。人それぞれ、欲望に沿って生きればよいので、マダレーナには関係ないが、しかし、彼らの劣情の餌食《えじき》にだけはされたくない。

エマ・カルドーゾの勃起した痴情に襲いかかられては、たまらない。逃げるに如《し》かず、だ。とはいえ、このディールには魅力がある。抗しがたい魅力がある。

仕事が欲しい。今のマダレーナにとって、設計案件の獲得にまさる優先課題は、ひとつもないのだ。

建築ジャーナリストの人脈に頼って、依頼者を得たい。エマの知人に、いま特定の依頼者候補がいなくても、マダレーナは開業後ずっと自分の事務所を続けていくのだから、近い将来、いくら候補が現れてくれても、ありがたい。

やり手らしいエマの人脈は、頼りになりそうだ。この話には乗るべきだろう。

抜け目のない女だ。洞察もできる。マダレーナの窮境を見抜き、最もつけ込みやすい弱みを見極めている。気の毒な馬、ダ・コスタ号の鼻先にぶら下げるべき人参はこれだ、と極めているのだ。

じじつ、仕事が欲しい。その欲しさたるや、飢えた獣が餌《えさ》を求める熱と同じだ。それは、カルドーゾの詮索欲の熱にも、絶対値では、等しいだろう。

お互いの欲の熱が等しい。つまり、ディールは端《はな》から成立しているのだ。

取材を受けることにした。いやなことは話さなくていい、と言うのだから、いいだろう。話さない。

勘の鋭いエマの見立てどおり、マダレーナは露出が嫌いだ。あらゆる点で性《しょう》に合わない。自分のことを語るのはいやだし、写真を撮られるのも大嫌いだ。見も知らぬ大衆に自分が知られるのも、極めて心持ちが悪い。

建築専門誌にすら、載せられたくない。まして、女性一般誌になど、まっぴらだ。平時なら、ぜったい断る。いまは戦時だから、万やむを得ず、受けるに過ぎない。

それにしても、この軟弱ぶりはどうだろう。マダレーナは自嘲した。

カルドーゾから音もなく伝わってくる不吉な波を直感し、つい三時間前には「悪縁を結んではならない。この女は敬して遠ざける」と決めていたではないか。それなのに、いまや、もう逆方向に踏み出している。なんのための直感なのか。これでは、なんの予防にもならない。

わたしは、このきな臭いオファーを受ける。

まんまと、弱みにつけ込まれた。

自分の弱みはわかっているし、つけ込まれてはいけないとも承知している。わかっているのだ。けれども、わかっていればつけ込まれずに済むくらいなら、それはそもそも、弱みではない。

「弱み」と「つけ込まれる」は、同義語だ。だから「弱みにつけ込まれる」は本質的に、同語反復にほかならない。正しくは、「私には弱みがあった」とだけ言うか、もしくは「私はつけ込まれた」とだけ言うかだ。

学生時代、マダレーナはどの科目も好きだった。建築学科に進む者の多分にもれず、まず物理と数学、それに美術も得意だった。

しかし同時に、歴史、言語、文学、哲学にも並々ならぬ興味を持って、学校の教科書や参考図書ではあきたらず、積極的に書物を求めて、読み耽っていた。

建築士になり、設計を実際行《おこな》っているさなかにも、ふと、畑違いの、思いも寄らぬところから、想のかけらが降ってきて、思考が深まることがある。

たとえば、言葉だ。

名詞と動詞。全ての名詞は動詞を内包している。この意味で、本質的に、名詞は動詞だ。

と、マダレーナは思う。

「雨」は「降る」を内に包む。降らないものは、雨ではない。「雨」と言った瞬間、すでに「降る」が出現しているのだ。この意味で、「雨」と「降る」は同義語だ。

建築物における名詞「床」が内包する動詞は、「踏まれる」だ。踏まれないものは、床ではない。「床」と「踏まれる」は同義語なのだ。

ところが、雨は自ら「降る」が、床は他から「踏まれる」に過ぎない。能動態と、受動態だ。

主体と客体。主語と目的語。「雨」は、その存在の根本が主体であり、自ら「降る」。かたや、「床」は、本来、客体としてのみ存在していて、自らは何もせず、ただ「踏まれる」ばかりだ。

存在論的に本《もと》を正せば、名詞には、主体になり得るものと、なり得ないものがある。雨は「降る」し、鳥は「飛ぶ」し、川は「流れる」。雨、鳥、川は、主体になり得る。

けれど一方、床は「踏まれ」、サンドバッグは「打たれ」、弱みは「つけ込まれ」るのみだ。受動態のみ。床、サンドバッグ、弱みは、主体になり得ない。何かの客体、対象、目的語としてしか、本来、存在し得ないのだ。

自分からは何もし得ず、他者から何かをされるためにのみ存在するもの。哀しみとは、これらを総称する名ではないか。床、サンドバッグ、弱みを括る抽象名が、『哀しみ』だ。マダレーナにとって、哀しみは、感情の名ではない。存在の名だ。

では、「女」はどうか。床なのか？

鳥では、いけないのか。

13

——いちおう、録音させていただいてもよろしいですか。

あ、はい。まあ。

——万一ですが、わたしの質問に抵抗を感じられた場合は、却下してください。すぐ退《ひ》きます。では早速、お伺いしますね。ずばり、本誌、および本特集のグランド・テーマに直結する問いです。男性が圧倒的多数を占める建築設計業界において、女性であることのメリットとデメリットが、あるとしたら、何ですか。

どちらも、特には、ないでしょう。十五キロを超える荷物を持つ場面が仕事上あったりすれば、女性は不利でしょうけど、まずないですし。ありません。

――そうですか。デメリットは特にない、と。一般には、女性は腕力だけじゃなく、体力や気力でも男性より弱い、と言う人もいますけど、そうではないのですね？

はい、ないです。しかし、そんなことを言っている人がいるんですか？　びっくりしますね。あるいは、わたしなんかが知るよしもない、非常に特殊な体力と気力に特化して言っているんでしょうか。とにかく、少なくとも建築設計業務に関しては、必要な体力と気力を備えるに当たって、男女の有利、不利はありません。

――なるほど。じゃあ、設計自体については、どうでしょう。よく、「女性ならではの感性を生かしたデザイン」とか言いますが。

あ、女性のメリットのほうですね。じつは、それもないと思います。いや、あのう、これ全部、あくまでわたしの個人的感覚ですよ。独断と偏見に満ちている、と思ってくださいね。

この取材へのわたしの答えは、すべて、一つ残らず、主観的私見です。客観性への責任は負いかねますので、よろしくお願いします。

——はい。了解です。ぜんっぜん構いません。むしろ、独断的なご意見のほうを頂きたいのです。どうか、ご遠慮なく、のびのび、ビシバシ語ってください。

わかりました。ありがとうございます。じゃあ、引きつづき、口調だけは断定口調で、そのじつ、たかが個人的意見を申していきます。女性ならではの感性なんてものはありません。感性には、繊細なものとそうでないものがあるだけです。「女性ならでは」って、なんなのでしょう？　おっしゃる通り、よく聞く言葉ですけど、わたしには意味がわかりかねるんです。

——ですよね！　うれしいです。すみません、個人的に喜んじゃって。わたしもかねがね、おうちの中とか、中でもキッチンとかを暗に「女性の領域」って、いまだに言ってる向きには、うんざりなんです。なにが「女性ならでは」ですか。あっ、ごめんなさい。聞き手がだべっちゃダメですね。

いいえ。同感です。女性蔑視はわたしも断固、唾棄しますが、この場合、問題は別のところにあるでしょう。男女の区別じゃなく、感性そのものの問題です。

仮に、男性であれ女性であれ、私生活で毎日キッチンを使っている建築士が、たまたま依頼されてキッチンを設計したとしましょう。その場合、自分自身がキッチン使いに慣れているぶん、微細にまで行き届いた設計がしやすいかもしれません。使い手の希望を根掘り葉掘り聞き出したり、その動作や知覚や心理を必死で想像してみるまでもない。簡単ですね。

でも、じゃあ、その建築士が一生、キッチンばかり設計するかというと、そうではありません。建築士は、じつにさまざまなものを設計します。私邸だけじゃなく、レストラン、図書館、プール、学校、市庁舎、教会、果ては刑務所まで。つまり、自分自身はふだん使わないものを設計することが多いんです。わたしなんか、高級レストランなら行きませんし、図書館もめったに利用しません。学校はむかし行きましたけど、刑務所にはまだ、一度も入ったことがありません。

そういう仕事なのに、建築士が、自分のごく限られた生活体験から得た「感性」とやらを設計の武器にするのは、どうでしょう。無効だと思います。

――なるほど。はい。そうですね。まったくです。

フォンセカ先生の訓示を思い出します。いちど、事務所の建築士全員の前でおっしゃったんです。

「設計中は、いわば、生活者を辞めなさい。自分個人の生活感覚なんて全部、捨てる。そうして透明の媒体と化し、依頼人、使い手の要望をことごとく吸い上げ、彼らになりきって、その身体感覚や情動をとことんまで想像する。もう痛いくらい、とことん想像する。そうやって彼らになりおおせた上、専門家の知見を駆使して絵を描き、図面を引きなさい。文学の世界でも、自分の実体験を基《もと》に書いたもの、つまり私小説しか書けない人は、プロではない。作家たるもの、普遍性であらねばならない。普遍性とは、すなわち透明、すなわち無だ。自分なんか捨てて無になり、取材と想像に徹する、プロの作家になりたまえ」

――おお！　すばらしい。「生活者を辞めよ。透明になれ」ですか。名言ですね。名建築家の名言です。「作家たるもの、普遍性であらねばならない」。これ、ぜひ掲載させていただきたいです。いいですか。

はい、いいですよ。先生は事実、そうおっしゃいましたし、わたしはその教えに従って進んできました。これからも、進むつもりです。プロの作家でありつづけます。とはいっても、死ぬ前には、ちっぽけな自分を描いた「私小説」を、ちょこっと建ててみたい気もしますけど。へへ、ちょこっとね。最期に。ちっぽけな小屋みたいなのを。

――遺作は「私小説」ですか。とっても興味あります。でも、まだ、えらく先のお話です。半世紀も先でしょう。いま三十過ぎで、めでたく独立されたわけですが、なにか、きっかけがあったんですか。それとも、長年のご計画どおり、とか？

長年の計画では、ないですね。けど、大体このくらいの年数で独立したいとは思っていました。で、S市庁舎が落成したんで、じゃあ、区切りのいいとこで、って感じです。

――そうですか。でも、ダ・コスタさんなら、ずいぶん慰留されたでしょう。フォンセカ先生がだいぶ引き留めたんじゃないですか？

いいえ。ぜんぜん引き留めません。円満退所でした。

――そうでしたか。巣立ちゆく弟子の背中を、だまって見送る師匠、ですか。なんか、粋《いき》ですね。あの、ちょっと割り込んで申し訳ないです。オフレコの余談なんですけど、すみません。じつは、わたし、フォンセカ先生のファンなんです。作品は全部、洗練を極めていらっしゃるし、専門誌のインタビューでのご発言も、卓見ばかりです。それに、はっきり言って、男前じゃないですか。すみません、ミーハーなもんで。お写真でしか拝見したことないんですけど、フォンセカ先生って、やっぱ普段から、あんなかっこいいんですか？

そうですね。格好のいいかただと思います。

――わあ、やっぱり。そうなんですね。所員の人たちと先生って、どんな感じなんですか。雑談とか、するんですか。

まあ、しないですね。打ち合わせのとき、たまに先生が冗談を言うことはありましたけど。でも、わざわざ雑談をすることは、なかったです。少なくとも、わたしとは。

――フォンセカ先生を敬愛されていますか。

建築家として尊敬しています。わたしの知る限り、ディエゴ・フォンセカにまさる建築家はいません。わたしは、彼に育ててもらったことに、深く感謝しています。無二の恩師です。

――すばらしいです。師弟関係。うらやましい。そうだ！　いつか、師弟対談とか、していただきたいです。

いえいえ、とんでもない。まだまだ。わたしには百年早いです。本当です。五十年じゃあ、無理でしょう。

――ご謙遜を。師弟対談企画、近い将来、また改めてお願いに上がりますので、よろしく。じゃあ、ここで少し、原点のお話を聴かせてください。いつ頃、どんなきっかけで、将来建築家になりたい、と思われたんですか。

十歳のときです。そのころグラッサに住んでまして、ちょっとした林のはずれに、掘っ立て小屋があったんです。だれがなんの目的で立てたのかもわからない、みすぼらしい木の小屋なんですけど、当時それを、おない年の友だちと二人で「基地」みたいにしてたんです。その小屋がきっかけです。

――小屋から、建築家志望へ？

はい。その友だちは、絵がとびっきりうまくて。わたしも絵を描くのが好きで。二人でよくいろんなものを描きました。でも、彼が圧倒的にうま過ぎたから、そのうちわたしは、「じゃあ、わたしは家を建てる人になる。大工さんの図面を描く人になる」って言ったんです。掘っ立て小屋の中で言ったのを覚えてます。土の上に座ってました。その小屋の中で一緒に遊ぶのが大好きでした。だから、そんな小屋を立てたかったんです。わたしが立てて、二人の新たな秘密基地にしたかった。

――ああ。なんて素敵な。まるでメルヘンですね。

無垢ではありました。あのころは。

——もしかして、そのお友だちはのちに画家になった、とかですか。

わかりません。十二歳のとき、フランスへ行っちゃったきりなんです。彼は、お父さんが大工で、仕事を求めて家族で移住しました。そのころ、建設関連の職人たちが、需要の多いフランスに移住する流れがあったみたいです。

——そうだったんですか。じゃあ、もう二十年以上、音信不通なんですね。いつか再会できると素敵ですね。

そう、ですね。いや、どうですか。あまりに長い時が経ってしまいました。でも、彼には元気で、しあわせでいて欲しいです。それだけは思います。

——十歳で、子どもなりに建築家を志《こころざ》して、それから中学、高校と、ずっとブレずに進まれたのですか。

はい。まず、お絵描きと工作が幼稚園からずっと好きでしたし、数学も得意で、とくに幾何学系が好きでした。たぶん、造形ってものに魅《ひ》かれるタチなんでしょう。問われてみて、いま自己分析すると、そんな感じです。けど、実際は、ことさら初志貫徹を自分に課すとかじゃなくて、当たり前に、自然に過ごして、G＊＊工科大学に行きました。

——あの、自分が出た大学を高く言うのは気が引けますけど、正直、G＊＊は超難関じゃないですか。わたしなんか、ほんと必死で勉強して、なんとか受かっただけですよ。高校時代、受験勉強、苦しくなかったですか。

苦しくはなかったです。勉強は好きですから。知的興奮を愉しみながら、やってました。

——すごい！　もとから、頭のできが違うんだ。だから、大学でも突出されて当然ですね。あなたには、みんなが憧れてました。わたしも、その一人です。マドンナのことは、なんでも気になっちゃうわけなんですが……しばらく大学を休まれてましたよね。ご病気とか、ですか。

はい。ちょっと胸を患《わずら》いまして。療養してました。

――あっ、そうだったんですか。ああ。でも、早めに治られて、なによりでした。

ありがとうございます。苦しかった時期です。あまり語りたくはありません。

――わかりました。じゃあ、ちょっと、ルーティーンの質問をさせていただきますね。女性誌の定番で、失礼します。ダ・コスタさんは、高いキャリアをお持ちで、仕事ひとすじに打ち込まれるかたですが、一方で、恋愛とか、結婚、出産とか、一女性としての将来については、どうお考えですか。

恋愛、結婚、出産の三つで言えば、どれにも興味ありません。したいという気が、全くないです。したいと思うなら、しますけど、思わないので、しません。それだけです。

――ウハッ！　一刀両断ですね。笑っちゃって、すみません、思わず。ウハハ。本音ですよね？

はい。どれもしたくないですね。だから、いくら世の男女の大半が恋愛したり、結婚したりしていても、いかにそれが多数派でも、わたしは、しません。数では少数、マイナーと見なされても、たとえ変わり者と怪しまれても、したくないものはしたくない。それだけです。

――シンプル・エレガント、ですね。ひょっとしたら、同感の読者も少なくないかも。

そうですよ。独りでいることを心底愉しんでる人は、意外に、多いんじゃないですか。独りは、熱いですから。独りは、時空を超えられます。

――独りは熱い？　時空を超えられる？　深いですね。どういう意味でしょう？

内向です。むずかしげな言葉で言うと、内省とか内観とかですか。独りでいて、自分の内側に向かうのは、熱いですよ。外に向かって、人としゃべって盛り上がってるより、よほど熱いと思います。内向は一見、静かですけど、じつは、ものすごく動的です。ダイナミックです、わたしには。時空を超えられます。

——なるほど。内面の世界ですか。芸術家ですね。ちなみに、芸術家とも言える建築家として、仕事をされてて、なにが一番の喜びですか。

喜び。最も端的に、抽象的に言ってしまうと、現前《げんぜん》の喜びです。自分の頭の中で考えた、苦心惨憺《さんたん》して考え尽くしたデザインが、やがては遂に、現実の建築物になって目の前に出現する。これには、ただ単純に、興奮します。喜びです。

——ははあ。まさに、「アルキテクト」ですね。アルケーを現前させる興奮ですか。

おお。話せますね、カルドーゾさん。的を射た古典語で、ありがとうございます。ほんと、その通りなんです。喜びは、「アルケーの現前」に尽きます。

ちょっと抽象的になっちゃいましたけど。まあ、もっと小さい、細かいレベルでも言えることです。

——例えば？

例えば？　そうですね……照明とか。照明っていうのは、ご存じのように、照明器具から発せられる光が、天井面、壁面、床面、および什器類に反射して初めて出現する現象です。なかでも、多くの場合、壁面からの反射がいちばん重要です。そこで、照明器具と壁紙クロスは慎重に、関係論的に、サンプルの実見と実験を重ねつつ、選びに選ぶことになります。けど、どんなに細心に選んだところで、結局は、内装全体が目の前に出来上がってみないと、実際どんな照明光が出現するかは、わからないんです。

——リスクもあるってことですね？

はい。じつは内心、ドキドキしますよ。「あれほど詰めたんだ。絶対、いい具合になるはずだ」って思ってても、実際見てみないと、わかんない。だから、おそるおそるフタを開けてみて、想い描いたとおりの光に成《な》ってたときには、「よし！　やった！」ってもんです。興奮します。現前の喜びですね。

——なるほどー。デザイナー冥利、ですね。

そうです。これが、照明だけじゃなく、建築デザイン全てに言えるわけです。

――すごく感銘深いお話です。「現前の喜び」。ぜひ、掲載させてください。じゃあ、最後に、未来への展望、抱負など、お聞かせいただけませんか。これから長いプロフェッショナル人生を送られるわけですが、どんな建築家になっていかれたいですか。

フォンセカ先生のクレド「だまって、使い手の声を聴け。五官で、環境の声を聴け」を、真摯に実践しつづけられる建築家になりたいです。つねに、使い手と環境に喜ばれるものを作っていきたいと思います。

14

思いがけなかった。

大きなストレスはなく、エマから当初感知していた邪気も、今回のインタビューでは、感じずに済んだ。そのうえ、グラッサの小屋のことや、建築士としての思いを話すのは、こころよかった。

予想どおり、エマは、フォンセカとマダレーナの関係を遠巻きに探り当てようとした。大学を休んだ理由をはっきり訊いてもきた。けれど、マダレーナが防御に出ると、すなおに鼻を引っ込めてくれた。

ライターとしてそれなりに鍛えられ、プロの穏当な作法が身についているのかもしれない。あるいは存外、邪心はない、単なるミーハーなのかもしれない。

それにしても、マダレーナへの質問を発した直後に、ことさら顎を引いて、上目を使い、口角をキュッと上げて愛くるしくほほ笑んで見せる、あの微笑。あれはクラシックだ。俗物女の古典なのだ。

エマ・カルドーゾは俗気《ぞっけ》の権化《ごんげ》だ。マダレーナの目には依然として、そう映っている。好きではない。

とはいえ、終わってみると、取材が無難で、いくぶん愉しかったのも事実だ。そこは、エマにも感謝した。

原稿が出来たらメールで送るから、記述に支障はないかチェックせよ、とのことだった。万が一でも、不本意な書き方をされたくないマダレーナには、ありがたい。

さっそく、インタビューの二日後に、原稿が来た。

さいわい、大学時代の話はなにも書かれていないし、フォンセカに関しても、訓示やクレドを中心に、マダレーナが尊敬する建築家、恩師としてのみ書かれていた。さすが、抜かりない気づかいだ。

感謝の念が、あらためて湧いた。なんとはなしにエマから感じ受ける凶凶《まがまが》しさを厭《いと》ってばかりいたことが、やや申し訳なく思われた。

これで彼女が記者として満足してくれるなら、取材を受けてよかった。もはやディール勘定なしで、そう思えた。

いつか、そのうち、設計の依頼者を紹介してもらえたら、御《おん》の字だ。まあ、あまり当てにはせずに、待っていよう。と、マダレーナ・マリアは、和《やわ》らいだ気持ちで、思った。

15

いちばん頼りにしているロドリゴ・サントスから、まだ吉報はない。ネットのマッチング・サイトでも、今のところ、めぼしい募集は見当たらない。

それでも、『キジコ』のおかげで暮らせているため、過剰な焦《じ》りはなかった。

ただ、すこしは焦れていた。もっと高い収入が欲しいから、とか、建築士たる誇りがあるから、とかではない。ただ純然と、設計をやりたいから、焦れていた。はやく、空間を想い、絵を描きたかった。

しかし接客、清掃業も、やはり、やり甲斐がある。マダレーナは、ときには、テーブルについた観光客と英語で談笑し、月、木、土曜は自主的に「大掃除の日」と決めて、トイレタンクの浮き玉に至るまで歯ブラシで磨いた。恩着せがましくなるのがいやなので、カリムには気づかれないよう、陰《いん》に務めた。

拭《ふ》いたり、磨いたり、掃除をしているときに限って、シスター・ペレイラの顔が目に浮かぶ。恬淡《てんたん》でいてなお、低音アルトの温かみがときどきにじみ出る顔だ。

こうして、またアルファマの日日を重ねた。

ウェイトレスを始めてから二ヵ月半が過ぎ、季節も夏から秋に変わった。

十月一日の定休日。昼前に、予期せぬメールを受け取った。

なんと、エマからだった。知人の知人が、レストランを開くため、内装を設計してくれる建築士を探している、というのだ。

マダレーナのインタビュー記事が載った女性誌B＊＊の発売日は、十月七日と聞いている。六日後だ。

雑誌が発売もされないうちに、もう「見返り」をくれるとは。マダレーナは、もちろん、まず驚喜はしたけれど、こんなにうまくいっていいものか、エマが本当にこれほど厚い良い人なのか、と、不安も感じざるを得なかった。

ここまでとんとん拍子に進み過ぎるのは、どこかに罠があるからではないか。と、邪推さえしてしまう。

しかし現実、今のマダレーナに、躊躇や保留をきめ込んでいる余裕はない。即座に快諾すべきだった。

その依頼者は、複数の設計士に原案を出してもらって、そこからコンペのように一人を選ばせてもらいたい、と言っているらしい。この留保が、かえってマダレーナに、いくらか安心感を与えた。最初から依頼を決めてもらえるほど、途方もなくうまい話ではないのだ。すくなくとも、汚い罠はないのだろう、と思えた。

正直なところ、自信があった。

そんなコンペに負けるわけない。速攻、現場を見て、施主にヒアリングして、企画を出してやる。イメージ図とコストの概算なら、三日で出来る。なんなら、配置図まで出してやってもいいぞ。もう、勝ったも同然だ。

気鋭の建築士は、特定の根拠はなしに、自分の勝利を確信した。ディエゴ・フォンセカが敵手《てきしゅ》でもない限り、ダ・コスタは、いかなる設計競技にも負ける気がしないのだ。根拠はない。確信だけが、ある。

がぜん、設計行為への欲求が発火した。復活だ。

熱く、エマ・カルドーゾに感謝する。人は実際、見かけによらないのかもしれない。フォンセカに意外な陰険さがあるなら、エマに意外な誠実さがあっても、あながち不思議ではないのかもしれない。

即刻、エマに快諾のレスを打ち、間髪を容れず、依頼者に電話をかけた。できれば本日、陽《ひ》が陰る前に現場を視察し、依頼者からのヒアリングも済ませたかったのだ。

運よく、希望が叶った。

作業服を上下とも着て、ヘルメットはまだ持参せず、三時に、アルミランテ・レイス通りの中央あたりに行った。アルファマの真北、三、四キロの地点だ。

この通りは、リベルダーデ大通りの華麗さこそないけれど、洒落たプチ・ホテルや地元で人気のレストランが林立する、繁華な路《みち》には違いない。ここでレストランを開くのは大変なことだし、成功すれば、大きな名誉だ。

間口からして広い、立派な空き店舗の前で、オーナーとシェフに落ち合った。

オーナーは六十過ぎに見える、短軀で太めの男性で、いかにも金満の実業家といった押し出しだ。対照的に、雇われシェフは四十前の若さに見え、神経質そうな痩せぎすの男性だった。

「ダ・コスタさんですね？　早々《はやばや》と、どうも！　お疲れさんです。オーナーのゴメスです。じゃ、とりあえず、中《なか》、入りましょうか」

ゴメスが揚揚《ようよう》と口を切り、高そうな黒スーツの懐《ふところ》から鍵を取り出して、さっさと空き店舗の錠を開けた。彼は、マダレーナを自分より先に入らせ、シェフより先に自分が入った。

中はスケルトン状態の上、簡易な椅子の一つもなかった。だだっ広いがらんどうでの立ち話だ。

にわかに設計士の血が騒ぐ。いますぐ実測を始めたい。マダレーナは、計測メジャーをしのばせた、作業ズボンの右ポケットに、われ知らず、右手を当てがった。

「ご覧のとおり、ひじょうに天井が高いです。普通の二階分の高さに迫る、路面物件。建物自体は五階建てで、築年数は百年前後と聞いてます。二階以上は、ご多分にもれず、アパートです。わたし、この物件、一目惚れしたんですよ。とにかく天井の高い、優雅なフレンチ・レストランを作りたい。非日常の、贅沢な空間にしたいんです。これが、シェフのロナウド。腕は確かです」

オーナー、ゴメスの、演説に向いた、高めなのに野太《のぶと》い声が、天井の高い、広い空洞に響きわたった。

シェフ、ロナウドは、ごく微かな笑みを一瞬だけ浮かべて、ちょんっと顎を引いてうなずいた。

マダレーナは、身内に湧き上がる意気を感じながら、反響した。

「いいですね。これだけの高さと広さがあれば、ご希望にかなう優雅な内装が出来ます。まず、一番のご要望は、なんですか。お二人それぞれから、お聴きしたいのですが」

当然のごとく、ゴメスが即答した。

「わたしは、申し上げたとおり、最大の贅沢感、高級感を、可能な限り低いコストで実現していただければ、なにも細かい注文はありません。ただ、一個だけ、具体的な希望があります。じつは素人ながら、絵のコレクションも趣味でしてね。一幅《いっぷく》、どうしてもこのレストランに飾りたい風景画があるんです。いい絵ですよー。ジャポニスムふうで。いや、浮世絵じゃありません。フランス人はそっちが好きですけどね。われわれポルトガル人には、ビオンボ、つまり屏風絵ですよ。いや、ここに掛けるのは屏風絵じゃないんですけど、似た感じなんです。狩野《かのう》よりは長谷川ふう。美しい桜の絵です。けっこう大きいんです。五〇〇号。横長で、横が三・三メートルを超えます。これを壁に掛けるという前提で、設計してください」

「わかりました。じゃあ、その絵を実際見せてもらっていいですか」

「はい。うちの会社に保管してますんで、見に来てください。よかったら、このあと、お連れしましょうか。ほんの近くですから」

「はい、ぜひ、お願いします。じゃあ、シェフは、どうですか。これは外《はず》せない、っていう一番のご要望は？」

「あ。わたしは、厨房だけちゃんと聞いてもらえれば……あとは設計士さんのほうからイメージ案を頂ければ。厨房については、入れたい機器と配置をちゃんとお話しします」

「了解です。じゃあ、わたしがゴメスさんの絵を見せてもらっている間にでも、厨房の機器と配置をご自分の中で確認しといていただけますか」

「よし、じゃあ、ロナウド、きみも一緒に会社に来なさい。ダ・コスタさんが絵を見てくれてる間《あいだ》に、厨房の詳細をまとめればいい」

こうして段取りがつくとすぐマダレーナは、面積が百五十平方メートルほどある物件の実測を始め、十数分で完了した。

あとは、デジカメで写真を撮って回った。何十枚も。外に出て、物件のファサードも何枚か撮り、次には、アルミランテ・レイス通りを横切って向かいに渡り、そこから見た物件の写真も撮った。

建築士の作業がひととおり済むと、三人はゴメスの黒いメルセデスに乗って、彼の会社まで行った。

自社ビルではないようだったが、二十階建ての最上階をたっぷりと占める豪華なオフィスを構えていた。ビルは、フォンセカが貶《けな》すたぐいの、男根中心主義的現代建築のそれだった。金銭的成功の象徴たる、豪勢なしつらえの社長室で、ベージュの作業服に白いスニーカーの外来者は、その絵を見た。

みごとだった。

はしなくも、また一つ、実見、実感による、理想的な言語習得を果たした。「みごと」とは、つまり、この絵のことだ。

金屏風の地《じ》のような、黄緑と黒みを帯びた渋い金色《きんいろ》を背景に、うす紅色《べにいろ》のしだれ桜が束になって迸《ほとばし》る。まさに、桜花《おうか》の奔流なのだ。

奔流の構造部である、しなった長い枝枝も、木の茶色ではなく、濃い葡萄酒《ぶどうしゅ》色に描かれ、花花と呼応して、紅《べに》の一大変奏曲を奏でている。

背景の下部、四分の一ほどは、渋い金色でなく、深緑《ふかみどり》がかった濃紺だ。水面を表しているのだろう。

日本の湖だろうか。湖畔の桜か。

かの国をまだ訪れたことのないマダレーナは、日本の河川を想起できずに、絵の紺色の濃さから、深い湖を想った。じっと見入ると、この濃紺には赤紫が気まぐれのごとく塗り込まれていて、ここにも紅の変奏が、秘めやかに低く鳴っている。

みごとでしかない。

一瞬、不審がよぎった。このゴメスという男が、本当に、こんな絵を愛《め》でるのか。新品の大衆車より値のはる時計を手の首に飾り、いかにも世才にばかり長《た》けていそうな金満家が、まさに天上の美の具現である、こんな絵を？

しかし次の瞬間、マダレーナは思い直した。真に美しい芸術は、ときとして、俗物の心にも響くことがあるのだろう。美術も、芸術としての建築や音楽も、さほど美を解さない、俗世の大尽《だいじん》たちの支《ささ》えによって、歴史上、発展してきたのだ。

それにしても、なんという衝撃だ。油彩。五〇〇号。題はシンプルに、『桜』。作者は、まだほとんど名を知られていない、地元の若い画家らしい。

絵は、描くだけでなく、見るのも好きで、十代半ば頃から、鑑賞にも静かな情熱を傾けてきた。リスボン、マドリッド、トレドの主な美術館は、全て訪れている。パリ、アムステルダムでは、仕事で出張したときに合わせて、建築物と絵画の見学も愉しんだ。

百幅の名画を見てきたけれど、いま目の前にある『桜』は、別だ。この衝撃は、めったにない。一昨年バーゼルで観て仰天した、クロード・モネの『睡蓮』に、勝るとも劣らない。

モネの『睡蓮』は、すでにパリでも複数を見て、妙《たえ》なる印象を受けてはいたが、バーゼルのあの『睡蓮』にだけは鳥肌が立った。『桜』は、マダレーナにとって、それをも超える傑作だ。

あれは、「バイエラー財団」という名の美術館が、スイスのバーゼルに開かれてまもなくだった。マダレーナは、その館自体を建築作品として観賞するために行った。

イタリアの建築家、レンゾ・ピアノの作物《さくぶつ》だ。総じて彼の作風を好きというわけではないが、「バイエラー財団」には心惹かれた。果たして、行って観ると、建物も、それを取り囲む庭も、評判どおり、絶妙だった。

けれど、なお感激したのが、あのモネだ。美術館たる「箱」を目当てに行ったところが、結果的には、箱の壁に掛かった絵に打ちのめされたのだった。

瀟洒な館で驚異の絵にめぐり逢う。これに勝る美的体験は、そうないだろう。おそらく、来館者を画へといざな《が》う「箱」自体もまた絶佳であるがゆえに、そこでの名画体験が至上のものと成るのだろう。

画を引き立てる箱を創ろう。目に毒なほど麗しい、この『桜』を最高限に生きさせる「館」を、デザインしなければならない。美食と美術を共演させる空間を創り出すのだ。

マダレーナ・マリアは、ゴメスの社長室で、豪華な絨毯の毛足に運動靴を心地よく沈ませながら、おのれの今の使命を自覚した。彼女の右横一メートル半ほどの位置に立って、ゴメスがなにやら誇らしげに絵の解説を加えていたけれども、彼女の耳には残らなかった。

がぜん、空中に想がひらめき、幸運にも、マダレーナの地《ち》に着いた。中二階を作る！　階段の左右にテーブルを一卓ずつ置く。いわば、劇場の桟敷席《さじきせき》だ。張り出したバルコンから、やや見おろして絵を愛でる。五〇〇号の壮麗な『桜』を眺めながら、美酒を交わし、美味をいただく。文字どおりの特等席だ。

物件はおよそ、間口が十メートル、奥行きが十五メートル。入り口を入って左側の長い壁に堂堂と、横長の『桜』を掲げ、この絵の中点の向かいに、絵に背を向けて昇る短い階段を作るのだ。階段は途中の小さな踊り場で左右に分かれ、それぞれのバルコンに至る。

つまり、この直方体のレストランは、入って左側の壁には絵が掛かり、右側の壁には階段と、中二階バルコンが二つ付いているのだ。むろん、絵と階段のあいだが「一階席」であり、つごう十卓ほどのテーブルをゆったりと配置する。奥には、間口に平行する、十メートルの一辺に沿って、厨房とトイレットを配置する。

完璧だ。オーナーの願いどおり、まさしく、優雅で非日常の空間が現出する。なにしろ、劇場型美術館である、フレンチ・レストランなのだ。これ以上の贅沢があるだろうか。

マダレーナは、いま既にまぶたの裡《うら》に見えている、世にも、「建築士の世」にも端麗な三次元パースペクティヴに満足して、思わず知らず、ほほ笑みながらうなずいた。

勢いよく首を回してゴメスに向かい、

「思いつきました。こんな感じで、どうです？」

と言いながら彼女は、上着のポケットからメモ用紙とペンを取り出し、瞬《また》く間《たま》にレストランの大まかな図を描いて見せた。

「中二階を作るんです、ここに二つ。絵は、ここ、一階です。バルコン席です、オペラ座みたいな」

「おおっ！　いいですね！　オペラ座か。劇場レストラン。どんぴしゃだ。これで行きたい。これで行ってください、先生。お願いします」

ゴメスは、もとから過剰気味の精力をいや増して、頼んだ。

マダレーナは依頼者を正視し、誠意と自信を込めてにこやかに、首を縦にふった。

彼女の眼裏《まなうら》には早くも、イメージ図はおろか、配置図までもが、かなりの微細さをもって浮かび上がっていた。

完了だ。あとはマッキントッシュと合奏するのみ。

一足飛びに帰宅して、デスクトップを立ち上げたかった。はやる胸と足をむりやり鎮《しず》めて建築士は、別室で待っていたロナウドから、厨房のイメージと要望を詳しく聴き取るやいなや、「それではゴメス社長、早ければ五日後、遅くとも十日以内に」と、あいさつもそこそこに引き上げた。

16

さっそくカリムに事情を話して、協力を頼み込んだ。急な話で、ほんとうに申し訳ないばかりだけれど、どうか助けてください、と。必死になって頭を下げた。

彼は再び、救ってくれた。なんとか妻と友人知人を総動員して、金曜から日曜まで、三日も休みをくれたのだ。さすがに水、木は、急遽すぎてどうにもならず、予定通りマダレーナが出勤するしかなかったけれど、金、土、日のまる三日があれば充分だった。

カリムの恩は、はかり知れない。気持ちで深謝するにとどまらず、いつか、なんらかの実践をして、彼の厚い恩誼《おんぎ》に報いたい、と、心に決めた。

数ヵ月ぶりのデスクワークは、歓びだった。パースを描くという行為がこれほど愉しいものだとは、いままで自覚したことがなかった。画面上で、目もあやな夢の空間が、精悍なまでのリアリティーを一段、また一段と身につけながら、迫ってくる。

マダレーナは、人が実際そこで息をする空間、すなわち「時空」を想い描き、それを造形へと象《かたど》り出す歓びに浸った。彼女には、これが原初のよろこびなのだ。

こうして、劇場型美術館レストラン『桜（仮名）』は像を結び、もはや既に、この世に存在するものと成った。

日曜の夕暮れどき、完成した企画書一式をメールでゴメスに送った。火曜日に社長室で原案を伝えたときの彼の飛びつきようといい、この企画書自体の出来映えといい、ゴメスがダ・コスタに全設計を依頼しないはずがない。

取った。

マダレーナは、自分が建築士として復活し、同時に独立も果たしたことを確信した。

自分の幸いも少しは祝うべきかもしれないが、しかし彼女はむしろ、『桜』という名の未だ世に出ていない神品《しんぴん》を擁《よう》する、晴れがましい時空の誕生を祝したかった。

カリムが分けてくれたジンジーニャのボトルを冷蔵庫から取り出して、ショット・グラスに一杯、注いだ。さくらんぼの香りが、かすかに甘くるしい。

「バルコンと桜に」

建築士は、白い壁に向かってグラスを掲げ、ハレの音頭をとって乾杯した。

一生に何度も訪れないだろう、満ち足りた夜だった。

神の御慈悲は無量にして、地獄の民にさえ、おりふし届くのだろう。マダレーナ・マリアは眼を閉じて、おそるおそる黙禱《もくとう》した。

ゴメスから早い返事は来なかった。

企画書を送信してから五日後、真夜中に『キジコ』から帰宅すると、郵便受けに封書が入っていた。

ダ・コスタ　様

秀逸な御企画書を頂き、有り難うございました。誠に恐縮ではございますが、今回のところはご依頼を見送らせて頂きたく存じます。理由は恥ずかしながら、偏《ひとえ》に予算との兼ね合いでございます。あしからず、御了承下さい。

しかしながら、先生の御敏腕は今回重々お見受け致しましたので、またの機会に是非御縁を賜りたく、宜しくお願い申し上げます。

御企画への御礼と致しまして、誠に薄謝ではございますが、金一封を御笑納下さい。

ゴメス興産　社長
アントニオ・ゴメス

百ユーロの新券が三枚、同封されていた。紙幣の、紙とインクの匂いがあざなわれて、えも言われぬかぐわしさを放っている。

マダレーナは真新しい本が放つ、印刷の匂いに魅了され、書物は読む前に嗅ぐのが癖なのだが、新券紙幣の匂いにもまた別途、魅せられる。

本はまるで、木の妖精がきげんよく笑いながら、顔料の衣装を着けて、ひらひら独りで歌い舞っているかのような匂いがする。かたや紙幣は、どこか典礼めいておごそかな、几帳面な匂いがする。

新品の書冊《しょさつ》の香りと新品の紙銭《しせん》の香りは、人工美の最上段に並べてよい。これらの匂いは、芸術の一《いっ》なのだ。と、マダレーナは思う。

だが、今回は。

気持ちがいっきに堕ち、内的景色が暗転すると、かえって外の麗しさが引き立ち、痛く知覚を突いてくる。新札の匂いが良いのは、かねてから認め、称《たた》えてさえいるけれど、ここまで芳《かぐわ》しいとは思わなかった。

拒まれた設計士の沈痛によって逆に研ぎ澄まされた薫香《くんこう》が、彼女の顔の芯まで鋭く突き香った。この三枚は、三十年にわたる彼女の記憶の中で、間違いなく、いちばん激しい香気を放つ新札だった。

しかし、いつもなら、真新しい本も紙幣も、おもわず鼻に引き付けて匂いを吸い込むところなのだが、この三百ユーロにだけは、そうならなかった。

予算との兼ね合い？　そんなわけないだろう。本人から聴いていた予算枠より、はるかに低いコストに見積もったのだ。言い訳になっていない。

不可思議だ。コストは低い。本人は、あの案に飛びついていた。手放しで。それなのに、なぜ、断る。

シェフが難色を示したのか。いや、違う。あのシェフのようすから、それは考えにくい。では、純然と、ほかにもっと良い案を出した設計士がいたのか。あれより魅力的なアイデアとは一体、どんな傑作なのだ。

ダ・コスタは不審と不当を感じるばかりだったが、事実は変わらない。断られた。そういうことだ。

六日間の集中が、虚空に帰した。設計の内的白熱が、ついに造形の実を結べず、あたら空中に消えた。復活の望みも、ひとたび潰《つい》えた。

考えてみれば、エマから来た話だ。最初から胡乱《うろん》な感じはしていた。あの直感は、やはり、当たってしまったのか。

それにしても、納得がいかない。それが嫌気《いやけ》だった。負けでも不採用でも、そのわけを知って納得がいけば、嫌気は差さない。理由を知りたい。なぜ、だめなのだ。

けれど、ゴメスが理由と称するものを述べてきているからには、これ以上追及すると、刑事の取り調べ然になってしまう。そんな不躾《ぶしつけ》はしたくない。

やるせない暗澹に拉《ひし》がれて、マダレーナは床《とこ》についた。肉体労働による疲労のおかげで、なんとか眠りには入っていけた。

しかし数時間もすればまた、相変わらず、専業のウェイトレスとして起床するよりほか、道はなかった。

17

カリムに要らぬ心配をかけたくなかったので、不審な落選の真相は話さず、「相見積もりの競合が、法外な値引きを提示してきて、負けた。工務店と設計士の癒着には辟易しますわ」と、軽い愚痴を装って報告するにとどめた。

十月下旬、エマ・カルドーゾから、マダレーナのインタビュー記事が載った、有名な女性誌B＊＊が郵送されてきた。聞いていた発売日からは半月も後《あと》だ。

出版業界やフリー・ライターたちの常識は知らないけれど、マダレーナはこの遅延にも、なにか不透明なものを感じた。ゴメスと協議して、ころ合いでも見計らっていたのだろうか。

同封の添え状には、「ゴメス興産の件は、残念でした。けれど、いずれまた、別のご縁をお繋ぎできれば幸いです。今後とも、よろしくお願いします」とあった。

表紙には、いかにも二十一世紀の幕開けにふさわしい、西欧文明の先端に生きるキャリア女性の象徴、といった風情の、美しい女性が写っている。薄めの唇に塗られた濃いマゼンタの口紅が、ロイヤル・ブルーのコートに映えて、色の階調が生み出す美と、他者に媚びないクールさを、最大に表象できていた。

マダレーナは表紙を数秒間ながめて、そのうまい演出に感心したが、本体の扉を開くことなく、ずっしりと重みのある立派な雑誌B＊＊を、小さなクローゼットの底に、裏表紙を上にして、敷くように置いた。その上には、作業服がベージュ二着と水色一着、そして黒ワンピースが二着、淡々と吊るされていた。

またアルファマの日々が始まった。『キジコ』における、繁忙かつ平穏な昼と夜。きな臭いカルドーゾ夫人の侵犯以来、聖域を侵しに来る者はいない。その代わり、ダ・コスタを本来の職へと還してくれる使者の影もまた、見えなかった。

十一月三日も、つつがなく終わった。

ランチ、ディナーともに終始、満員御礼だった。現場でひっきりなしに体を動かしたおかげで、また健全な一日が過ぎた。

十一月三日。

十五年前のこの日の夜、マダレーナ・マリアは突然、地獄の住人となった。

星星《ほしぼし》が異様だった。清冽な夜気に研ぎ澄まされた漆黒の空一面に、まるで千の鈴が鳴るかのように、瞬いていた。

生まれてから三十四年、ずっとリスボンに住んでいるけれど、星星のあんなにきらびやかな競演は、ほかに一度も見たことがない。

まさしく天上にふさわしい、この世にはない綺羅《きら》だった。おびただしい数の星辰《せいしん》たちが天に広がり、競うようにシャンシャンと鳴っていたのだ。

いままでに見た最も美しい星空、と言ったら、正確ではない。あの星空は、マダレーナがこの世に生まれ落ちてから目にしたもの全て、星空に限らず全てのものの中で、最も美しいものなのだ。

あるいは、これも例の、感覚のコントラストなのか。ゴメスに断られて落ち込んだときに知覚した、新札紙幣の異様な美香《びこう》。内的景色の暗転により、かえって外の美景が感官にきわ立つ、という例の法則に、あの星空も支配されているのだろうか。

客観的真相は、知り得ない。すべては心象《しんしょう》の問題だ。マダレーナの感覚の内では、あの星空の美しさと、その夜に起きた惨事のおぞましさが、絶対値において同一なのだ。どちらも、この世のものではない。

あの日の星夜《せいや》、棲む場所が地上から地獄へ変わった。あれから十五年。今年も、この忌まわしい記念日を思い出した。

けれど、十五年が、法治国家ポルトガルの社会から見て、ある意味を持つ年数であることには、思いが至らなかった。

マリアは、ただ、シスター・ペレイラの慈悲を思い、目をつぶって、声を出さずに祈りをささげた。

18

二ヵ月半が過ぎた。

真夏に始めたアルバイトが夏、秋を過ごして冬を迎え、とうとう年もまたぎ越した。

一月なかばのある夜、マダレーナは閉店後の徹底清掃を終えて、いつものように厨房を覗いた。零時前だ。見習いの男子は、すでに上がって、いなかった。

カリムがシンクのへりに両手をついて、うつむいている。いままで見たことのない姿だ。

「シェフ、どうかした？」

「い、いや」

と言ってシェフは、こちらを向いたが、無表情のまま、また目を伏せた。

二秒ほど考えてから、マダレーナが訊いた。

「飲みます？　ちょっと」

約一秒おいて、彼が答えた。

「うん。そうだね。いい？」

ウェイトレスはうなずいて、さっき切ったばかりの暖房を、もう一度つけた。

白いシェフ・コートを脱ぎ、とっくり襟《えり》の鈍色《にびいろ》のニットに着替えたカリムが、グラス二つとボトルを一本持ってホールに出てきて、それらをいちばん奥のテーブルに置いた。

マダレーナは驚いた。酒はアイリッシュで、グラスは厚くて重い、ウイスキー用だったのだ。甘いジンジーニャを飲むとばかり思っていたのに。

「おおっ。ウィスキー？」

抵抗を感じたわけではないけれど、意外さに反応してしまった。

「あっ、じゃあ、氷、入れるね」

すぐに気をまわして、カリムは厨房にもどり、氷をアイス・ペールに入れて持ってきた。

マダレーナの予想どおり彼は、自分のグラスには茶色の原液のみを、とくとくと野蛮な量まで入れ、彼女のグラスには品よく控えめにオン・ザ・ロックをこしらえた。

おたがい何も言わずに、ちょんっ、と、かるくグラスを突き合った。冷たい『ブラック・ブッシュ』をひとくち、そっと舌にのせた瞬間、濃密な薫香が口いっぱいに広がった。喉が心地よく焼けていく。

「うう。うまい。熱いね」

と言ってマダレーナが目で笑うと、カリムも初めて笑顔を見せた。

「でも、よく、こんなきついの、ストレートで飲むね。強いわ、シェフ」

「やけ酒だよ」

「うん？　どうしたの」

彼女は口の中に、思いなしか、シェリーに似た味が、気韻のごとく明滅するのを感じながら、彼の大きな眼を見て、問うた。その眼は、白い部分が顔肌《かおはだ》の黒に映えて、見る者の心臓をドキリと打つほど美しい。

長身の黒豹《くろひょう》は、なおも琥珀《こはく》の火酒《かしゅ》をあおった。

「レベッカが出てった。きのう。ブラジル行きだとさ、男と」

「ええっ？　なに？　別れちゃったの？」

「ああ。去るもなあ追えねえわ」

「なんなの、それ。ただの痴話ゲンカじゃないの？」

「ない。ケンカなんか、してねえし」

苦《にが》そうに彼は、首を何度も横にふって、また飲んだ。しかも、ググッと。生《き》のウィスキーの飲み方ではない。よく咳《せ》き込まずにいられるものだ。

彼女は、しかし、まだ止めずにおいた。カリムは底なしだと聞いているし、友だちのやけ酒を序盤から阻《はば》むのも野暮だろう。

「だいたい、うすうす感づいちゃいたんだ。あいつ、ここんとこ、よそよそしかったから」

「ふうん。そうなの？」

「そう。もう何ヵ月もね。そうだ、親方がバイトに来《き》だした頃からだ。あの頃からおかしくなったんだよ」

「ええ？　まさか、わたし、関係ないよね。ぜんっぜん」

「うん。ない。ないよ。いや……回り回って、回りくどくは、ある、かもしんない」

「はあ？　ご冗談を。わたしはレベッカの、ホールの後釜《あとがま》にすわったんで、嫁さんの後釜じゃないっすよ。あり得ない」

と、親方が笑いながら反駁《はんばく》した。

「そりゃそうだ。俺だって、親方には、ひたすら、ホール・スタッフとしてしか、来てもらってないっす」

「はい。その通り。オッケーです、シェフ。で、彼女に未練、大ありなのね？」

彼は口を、やや「へ」の字気味につぐんで、考えた。

「……ちょっとは、ある。いい女だった。長いこと、一緒にいた」

マダレーナは無言で、ただ、こころから、うなずいた。

「いい女だった。自分に正直で、自由で。やさしかったしな」

「お店だって、無理してでも手伝ってくれてたもんね」

「うん。ほんとに。ほんとに、よく助けてくれた。サーカスだって、大変なのにさ。公演も、練習も、大変だよ。それに……」

カリムは右手で『ブラック・ブッシュ』のボトルを取って、自分のグラスに注《つ》ぎ足した。注ぎながら、相手のグラスもちらりと見たが、中の酒がまだほとんど減っていなかったためか、そちらには注ぎ入れようとしなかった。

「それに、命がけなんだ。空中ブランコだからね。普通に危険なんだ。実際、演技中の事故で死ぬことだってあるし。あいつの昔の同僚だって、一人、半身不随になってる」

「ああ……やっぱり。そうなんだ」

「それが、好きだった。そこなんだ。『あたし、いつ死んでもおかしくないから。あたし自身が割り切って、好きでやってんだから、あんたも割り切っててね』ってさ。あっかるく言うんだよ。カラカラカラ、ってな感じで。笑いながらさ」

黒い男はまた酒の塊を口に入れ、目をつぶってゴクリと飲み下《お》ろした。しかし、両の眉根は、寄らずに、むしろ開いていた。

「その危うさが、よかった。けなげなんだよ。死線を生きてるヤツって。いつ死んじまうかも分かんないのに、カラッと明るいんだ。まいにち淡々と、しかも上手《じょうず》に、なんでもこなしてさ。命がけなのに、普通なんだよ。軽いんだ。それが、けなげなんだ。軽さが」

「うん」

マダレーナは氷が半分くらい解けて、濃い水割りになってきた美酒を飲んだ。薫《かお》り立つ熱さが、喉から胸へと塗《ぬ》り込まれていった。

「守ってやりたい、とかじゃないんだ。まさか。じじむっせえ。そんなしみったれた趣味ねえよ。相手が男でもおんなじだよ。兵隊とか。戦争でさ、あした前線行きます、たぶん死にます、って普通に軽く旅立てるヤツよ。そんな潔さだよ。それが、けなげさなんだよ。そんなけなげさが、一番かっこいい。色気だ。男でも惚れる」

「うん。いい趣味」

と応えながらマダレーナは、イエス・キリストを思い浮かべていた。

かつてマドリッドのシスター・ペレイラのもとで、新約聖書やその関連書を読み、イエスがどんな人間だったのかを考えた。そのとき、「もしかすると、彼は異様な色気を放ち、男女を問わず魅了した男なのではないか」と思ったのだ。

死線を普通に生きている人の潔さがけなげで、そのけなげさが色気だ。というのが、彼女にはわかる。それを言うカリムは趣味がいい、と素朴に思う。

「だろ？　わかるだろ。俺が惚れるのは、そういうヤツなんだ。死にに行く兵隊みたいな女だ。守るなんて、とんでもねえよ。ふにゃふにゃ泳いでる、その辺のしょうもねえ女つかまえて、食わして、こども作って、籍入れて、家族守ってますー、なんて、とんでもねえわ。クッソつまらん。まっぴらごめんだ。俺はさ……」

カリムは、胸をすこし突き出すようにした。

「俺は、だから、惚れない。めったに惚れないんだ。だけど……親方は好きだ。俺は、あんたが好きだ」

黒豹の眼は、酒精《しゅせい》を得ても充血せずに、白目のまぶしい純白と、顔肌と瞳の深い漆黒が、鮮烈なコントラストの衝撃をもって、マダレーナの眼を射すくめた。

「あんたは、えらいよ。建築家の先生なのに、こんなバイトを真剣にやってさ。一生懸命どころか、完璧にやってる。まいにち。しかも普通に、軽く」

「まあ、普通では、あるかな」

「そうだよ。完璧にやってるのに、必死感がない。ほんとは、崖っぷちで必死に生きてんだ。そうだろ？　なのに、カラッと笑って、軽いんだ。レベッカみたいに」

「レベッカ？」

「うん。いや、親方はレベッカより凄い」

「ええ？　それはないわ。ないない。彼女、超人だもん」

「いや。あんたのほうが、よっぽどレアだ。だって、建築家だよ。それも、ポルトガルで一番ムズい大学、出てんだろ。俺さ、はっきり言って、そういう高学歴の連中、嫌いなんだ。エリート人種っていうかさ、頭でっかちで偉そうで、けど、現場じゃ、なんの役にも立たん。あいつら、からだ張ってない。命かけてない。戦争なんか行ったら、わんわん泣いて敵前逃亡よ。潔さなんて、かけらもない。ほんと、大っ嫌いなんだ、そういうメジャーなやつら。白人で、高学歴で、からだ動かさずに命令ばっかして、いい金《かね》もらってさ。正直、俺は、やつらが憎い。憎んでるよ」

「…………」

「なのに、どうだよ、マディ親方は。ぜんっぜん偉そうじゃないし、みずからウェイトレスになって、トイレの浮き玉まで磨いてんだよ」

「えっ？　知ってたの？」

「知ってるよ。いちおうボスだし」

「恐縮です」

「あんたは凄いよ。エリートなのに、からだ張ってる。まじめだ。インテリなのに。たぶん、まじめ過ぎるから、事務所もクビになったんだろ。あのフレンチ・レストランのコンペのときだって、必死でやってたろ。必死で、いい企画出したに決まってるよ。なのに、まじめ過ぎて、正面からまじめに行き過ぎて、やられたんだ。業者の裏の癒着って、そういうことだろ。ひでえもんだよ。なのに、あんたはケラッと笑い飛ばして見せてた。まじめな兵隊なんだ。けなげなんだよ」

カリムは、なにか、箍《たが》が外れたように高調していき、しまいには涙声になった。

惚れて長年なじんだ女を失ってしまった男の悲痛を想って、マダレーナの胸も痛んだ。かける言葉が見つからなかった。

するとと彼がいきなり、テーブルの上で彼女の左手をつかんで引き寄せた。

「好きだ。つき合ってくれ」

緊張がいっきにマダレーナ・マリアを硬直させた。苦いアドレナリンが全身を駆け巡る。それでも彼女は、つかまれた左手を、なんとか穏やかに、外した。拒絶の激しい反射はせずに済ませられた。

「ごめんなさい。ごめんなさい、カリム。わたしもあなたは好き。好きだけど、これは……これは、別の問題なの。わたし、男の人はダメで。いえ、その、同性愛とかじゃなくて。ちょっと、トラウマっていうか……とにかく、どんな人でもダメなんです。大好きなカリムでも。ごめんなさい」

「触られるのがダメってこと？　ハグとかも？」

「うん。あいさつのハグやキスならいいんだけど、個人的なのは、ちょっと……」

「そうか。いや、俺は、なにもしなくたって、プラトニックで全然いいんだけど……けど、それだって、あんたにはプレッシャーなんだよな、きっと？」

「……そうね。自分の欠陥が不甲斐なくて、自己嫌悪になっちゃうと思う」

「そうだろうな。あんたの性格なら、そうなるな」

「ごめんなさい。でも、ありがとう。わたしをそんなに良く思ってくれて。うれしい」

「本心を言ったまでだ。いや、俺も、きょう、いきなり告るとは思ってなかった。とんだ勢い、余っちまったな。だけど、いつかは告ってたよ。ぜったい。時間の問題だった」

「ありがとう」

「礼なんか要らねえよ。欲しいのは、あんただ。俺もしつこい男じゃないから、潔く退《ひ》きますけどね。けど、いつかそのトラウマが癒えたら、ひと声かけてくれ」

「はい」

「オッケー。じゃあ、この話は、終わり。忘れてくれ。気にしないで、いままで通り、ここで気楽に働いてください。お願いします」

「はい。こちらこそ、よろしくお願いします。ありがとうございます」

『キジコ』から自宅までは、徒歩数分に過ぎず、いつもならゆうゆう、一人歩きで帰るのだが、今夜は時刻が異常で、丑三《うしみ》つ時《どき》になっていたため、シェフがアパートの前まで送ってくれた。彼一流のにべもない思いやりからだろう、おたがいの体の距離を絶妙に保って、それでいて、すこしも、ぎこちなさを感じさせなかった。

19

自宅の居間に入るやいなや、涙があふれてきた。そのまま椅子に座り込んだ。

いま、「おやすみ。また、あした」と、淡い笑みを交わして別れてきたばかりの男、カリムの悲痛を想って、むせび泣いた。

レベッカはマダレーナの目にも、チャーミングで優しい人だった。カリムは、そんな女に去られてしまった。そのうえ彼は、潔くマダレーナに気持ちを告白したけれど、それも受け入れてもらえなかった。

仕事にも人にもあんなに誠実で、あたたかい仁愛を持ち、それでいて相手をおもんばかって淡然とふるまえる男。カリム自身こそ、彼の言うけなげさを匂わせる紳士ではないか。

愛すべき男だ。深手を負っていて、人のぬくもりによって慰められるべき戦士なのだ。いま彼に求められているわたしが、彼を抱きしめてあげられたら、どんなに良いだろう。

マダレーナは、カリムを体温で抱いてあげられない自分の致命的欠陥を嘆いた。彼女の胸の中で、彼の痛みが痛んだ。彼女に向けた、あの直線の眼差しが、涙に濡れそぼった瞼《まぶた》の裏によみがえってくる。

切なさが胴の中線上を突き上がってきて、とうとうマダレーナは声を上げて泣いた。

身を切る悲しみに凍えて泣いているのに、涙の衝撃は、快適なまでになま温かい。内からとめどなく突いてきて、まるで、彼女の冷え切った体を温めているかのようだった。

「目頭が熱くなる」とも言うとおり、泣くと体が温まる。独りぼっちで、やり場のない悲しみに打たれていても、泣ける限りは、その熱量が、凍えた体を抱きとめてくれる。

でも、カリムは言った。高学歴のインテリを憎んでいる、とも言ったのだ。あんなに優秀で、社会的にも成功していて、プロフェッショナルの矜持に満ちたカリムでさえも、そうなのか。

なぜ、そこまで憎まれねばならないのか。

好きで勉強した結果、たまたま知的になって、なにが悪い？　わたしは、人に命令したり、人を見くだしたりするために勉強したのではない。嫌味を纏《まと》うためにG＊＊工科大に行ったのではない。偉ぶるために建築士になったのではない！

グラッサの小屋で、フェルナンドが言った。マダレーナが「わたしは将来、家の図面を描く人になる」と、彼に向かって宣言した日から数日あとだった。

「図面描く人ってさ、建築士っていうんだって。父さんに聞いた。でさ、『おまえ、建築士になりたいのか？　なれなれ。あいつらは、俺ら大工をこき使うんだ。お偉いさんがたよ。あんな偉そうな連中に顎で使われて、俺らは惨めなもんだ。だから、おまえは、大工にはなるな。大工を使うほうになれ。建築士になってくれ』って言われた。俺は絵描きになりたいんだけどさ」

そのとき、十歳のマダレーナは、強い違和感をもよおした。それから二十四年が経った今でも、まざまざと覚えている。

なんで？　大工さんのほうが、かっこいいし、偉いんじゃないの？　女でもなれるんだったら、わたしも、図面描く人より、大工さんのほうが、なりたいのに……。

と、不思議でならなかったのだ。

薄黒いよごれめの付いた作業服を着て、ポケットがたくさんある腰袋に何本も道具を挿し入れた、フェルナンドの父親は、格好よかった。道で会ってあいさつするたび、マダレーナは、こども心に見惚れていた。

あんなにたくましい男前が、しかも、その器用な手で家を作ってしまうなんて、これほど頼もしいことはない。おとなの言葉に置き換えれば、そうなる。そういう心理で憧れていた。

そのころ、マダレーナにとって、大工さんはヒーローだった。

じつは、いまでも、そうなのだ。建設現場で接する職人たちは、いなせで、器用に力づよくて、頼もしい。ふつう建築士は現場に行くときも作業服は着ないのに、マダレーナだけは着て行くのも、それが理由だ。大工さんが好きなのだ。

設計をする者と、現場で作業をする者とでは、どちらがより偉いか？　そんな問いはナンセンスだ。どちらでもない。どちらが欠けても、建築は成り立たないのだ。

しかし、それでもなお、好みで、どちらかを選べ、と言われたなら、マダレーナは、職人を選ぶ。彼らのほうが偉い。格好もいい。

それなのにフェルナンドの父親は、十歳の息子に「惨めな大工になんか、なるな。偉そうな建築士になれ」と言った。彼もまた、カリムが憎むインテリの部類を憎んでいるのだろう。

どうして、そんなに憎まれるのか。

例えばマダレーナの場合、現場で会う職人たちに対して偉そうな態度や物言いなどしたことがないし、飲食店にお客で入っても、そこで働いている人たちに向かって権高《けんだか》な話し方をしたこともない。そんな傲慢は、彼女の想像を絶している。

マダレーナ・マリアは、そもそも、自分を偉いと思ったことなどないのだ。それに、自分を偉いと思っていない、高学歴の老若男女は、ほかにも大勢いるだろう。

にもかかわらず彼らは、一括《ひとくく》りの「種《しゅ》」で、憎まれている。「インテリ」の人々は、集合名詞として、十把一絡《じっぱひとから》げにされ、理不尽な敵意を向けられているのだ。

フェルナンドのあのかっこいいお父さんも、賢くて立派でやさしいカリムも、「人種」としては、わたしを憎んでいる。そして……あの獣物《けだもの》も。あの獣物は「あいつ」とすら呼べない。「あれ」だ。人間じゃないから。

マダレーナは、慟哭のただなかで、思い詰めていった。もはや、失意のカリムへの同情を越え、かつて自分が一身に被《こうむ》った、非合理で酷《むご》たらしい敵意を思い起こして、身悶えた。

あれも、インテリを憎んでいた。自分の挫折の原因をすべて彼らに転嫁し、「インテリ層」を心底、憎悪していた。そして、彼ら全体を罰するために、わたしを選んだ。わたしは、なんの非も犯していないのに、あれの私刑に選び取られて、磔《はりつけ》にされた。からだに汚い釘を打たれて、殺されたのだ。

　あれは獣物だ。汚物以外のなにものでもない。しかし、あれの汚い、非道な憎しみは、フェルナンドの父もカリムも持っている。共有しているのだ。

　じゃあ、みんな仲間か。結局、根の根では皆、あれと同じ獣物なのか。彼らは究極、皆、知力過剰とやらのわたしの体を腕力で捩《ね》じ伏せ、罰しようとするのか。

　どこも地獄だ。グラッサだって、アルファマだって。どこへ行っても、汚い闇だ。男は皆、獣物だ。わたしには生きる場所がない。

　妄念に襲われ、マダレーナは吐くように泣いた。以前何度も見舞われた、嘔吐につながる発作ではなかったけれど、激しい号泣が極まって、噎《む》せ返ってしまったのだ。

　喉が干上がるほど全身で泣くのは、ひさしぶりだった。嘔吐さながらに噎せるのだから、これもパニック発作の一《いっ》かもしれない。

　まもなく、身魂ともに疲れ果てて、沙汰は止んだ。

　いつものように、どうしようもない痛みと悲しみは、どうしようもなく残ったけれど、理性が戻ってくると同時に、カリムと、フェルナンドの父への好感も還ってきた。

コートも脱がず、ティッシュ・ペーパーも使わずに泣いていたため、見ると、コートの袖口と襟が、涙と鼻水に、あられもなく濡らされていた。

とつぜん、真冬の冷気を感じてマダレーナは、ぶるり、と震えた。

20

果たして、紳士カリムとの間に、わだかまりは残らなかった。

マダレーナは、彼の心の癒えようを気にして、おりおり顔つきを盗み見た。「また、レベッカみたいに優しい女性との出逢いがありますように」と、秘《ひそ》かに祈った。こころではマダレーナも彼を、いつもやさしく抱きしめていた。

二月もなかばを過ぎた。あと十日もすれば三月だ。

マッチング・サイトを地道にチェックしていた甲斐があって、ようやく一件、有望な新着を見つけた。百十平方メートルの高級アパートを買った人が、内装を抜本的に改めたい、というのだ。

面白い。まず、そう感じた。そして、「取れる」と思った。

さっそく連絡をつけてマダレーナは、施主と会い、物件を診《み》るため、火曜の朝、自宅を出た。約束の時間は午後二時だったが、四ヵ月ぶりに本職への意気が上がり、気持ちが乗っていたので、街をゆうゆうと散歩してから鷹揚に臨場しようと思ったのだ。

ゴメスに会ったときの作業服はベージュだったので、験《げん》直しに今回は水色のほうにした。スニーカーも別の白を履いた。

今度こそ、負けない。絶対に取る。

時間はあり余っていたので、方向すらも特には定めず、アルファマから漫然と西に、北に、歩いていった。気温はまだ晩冬のそれだが、空は晴れわたって、日射しのつよさが頼もしい。

やがて、マルティン・モニス広場に出た。二時に行き着くべき現場は、もっと北の方にある。この広場からだと、パルマ通り、アルミランテ・レイス通りを経て行っても、悪くない。

そうだ。あのレストランを見てやろう。順調に進んでいたら、もうそろそろ工事も終盤だろう。

わたしのあの案を斥《しりぞ》けて勝ったデザインとやら、いかようか？　ひとつ、拝見しようじゃないの。

みじんも予期しなかったゴメスの拒みは、あまりに不審だったため、マダレーナはどうにも割り切れなかったけれど、拘泥《こうでい》しても不愉快なので、あの件は極力、意識の外に追いやってきた。

しかし、いまは気分が違う。落胆から四ヵ月を経て、ついに微光が射《さ》したのだ。今度こそ、案件が取れる。復活の一歩を踏み出せる。

直感的な自信によって余裕を湛《たた》えた彼女の心は、ニヤリと不敵にほほ笑んだ。フフ、そんじゃあ、行きがけの駄賃に、ダサいデザインを見届けてやろうじゃないの。

軽やかに足を運んで、まもなく、アルミランテ・レイス通りの中ほどに来た。ゴメス興産の物件だ。

間口十メートルの半分が、華華《はなばな》しく、ガラス張りだった。扉の近くに立て看板があって、「フレンチ・レストラン『桜』、三月一日オープン！」と謳《うた》っている。

マダレーナ・マリアは、ルルドの水のごとく澄みきった硝子《ガラス》の向こうを覗いてみた。

「えっ」

声、というより、小さな叫びが出てしまった。彼女は自分の眼を、文字どおり網膜の正常を疑い、激しく三度、瞬《まばた》きをした。

うそだ。うそだろう。うそだ。

しかし、どうがんばっても、両眼に映る眼前の景色を変えることは、できなかった。ドドドドドンと硝子をたたいて、詰め寄りたかった。「なに？　なんで？」と。

だれもいない店内。左手に、あの傑作『桜』が掛かっている。そして右手に、短い階段がつくられ、中二階がしつらえてある。しかも、案の定、階段は途中の踊り場で二手に分かれ、それぞれの行く末にバルコンが張り出されて、横長《よこなが》の『桜』を見おろす、線対称の双翼《そうよく》をなしているのだ。

劇場型美術館。建築士ダ・コスタの案が、そっくりそのまま、そこに在《あ》る。彼女のひらめきが、彼女の意匠が、みごと体現されて、そこに在った。マダレーナの描いた絵図が、寸分たがわず、三次元に造形されて、場内に鎮座していた。おごそかに、晴れがましく。

われ知らず、見とれた。

やった。あの案が形に成った。アルケーが現前したのだ。しかも、美しい。

彼女は、しばし、感慨に耽《ふけ》った。S市庁舎『森を囲んで』以来の感激だった。

自分の案が手もなく盗まれ、無防備の善意がたった三枚の札びらではたかれたことを認識したのは、三十秒ほど後だった。

痛みが、からだの芯《しん》を突いた。激しい拍動とともに血が顔に集まってくる。火照《ほて》った顔の赫《あか》が、自分でもまざまざと想像できた。

わたしには事実、弱みがあった。本当に、つけ込まれた。

そう自覚したとき、あの瑞瑞《みずみず》しい新札のあくどい香気が鼻先によみがえって、マダレーナはぬるい吐き気をもよおした。

ゴメス興産のゴメス社長は、狡猾にも、わたしの誠意を二束三文で買い叩いた上、べろーっと舌を出して笑っている。

ノンフィクション作家のカルドーゾ先生も、じつは陰から、わたしに尻を向けて、放屁《ほうひ》せんばかりにわざわざ突き出して見せつつ、ケラケラあざ笑っているに違いない。

そうやって、忌むべき穢土《えど》濁世は、千騎総出で、たった一騎の、しかも丸腰のわたしを襲い、掠《かす》め、貶《おとし》め尽くそうとしているのだ。

マダレーナの打ちのめされた瞼には、そんな妄像がつぎつぎ浮かび上がってきた。

いっきに上って顔を熱していた血が、こんどは急激に下へ引いていく。生気《せいき》がことごとく、彼女の両足の底から抜け去って行った。もはや、ここから再び動き出す気も残っていない。

『桜』の紅しだれが、ただ、水のような硝子の向こうで、「わが世の春」と、咲きみだれている。

それは、地上の生気をことごとく、清濁えらばず集めて浄化し、天上の画布をめがけて一気呵成に昇華させた、まさに精華の繚乱だった。

第二部

1

――お話、録音させていただいてもよろしいですか。原稿はきちんと、本誌掲載の前に、問題がないかチェックしていただきますので。

はい、大丈夫です。

――恐れ入ります。では、始めさせていただきます。ダ・コスタさんは、十五年ほど前にも一度、本誌に出てくださってますね。ありがとうございました。

そうですね。あれはたしか、三十四になったばかりの頃だったと思います。で、いまは四十九になったばかりですから、ちょうど十五年です。B＊＊さんは高名な雑誌ですけど、さすがですね。いまは皆、スマートフォンしか見ない時代なのに、ずっとご健在で。

――ありがとうございます。出版不況で厳しい中、なんとか頑張っております。私共B＊＊では今年、女性の経営者をシリーズで特集してまして、一年で合計十二人の女性に出ていただく企画です。十二人ちゅう九人が、ビジネスで成功している会社の社長ですが、ダ・コスタさんは建築家ですので、経営者というよりは、プロフェッショナルですよね。

はい。事務所を持って、人も一人雇ってますから、かろうじて「所長」ではありますけどね。経営者、とは言えないでしょう。いいんですか？

――大丈夫です。建築士を一人雇って、事務所を経営しておられますので、充分です。じつは、お願いのお手紙にも書きましたように、編集長が先生のファンなんです。十五年前に本誌のインタビュー記事を読んで、その人となりに感銘を受けて、それからずっと、先生の存在が記憶に残ってたんですね。そして半年ほど前、たまたま住宅雑誌でお名前を見つけて、おもわず興奮したそうなんです。「担当建築士、マダレーナ・マリア・ダ・コスタ。ん？あの人だ！」って。

あっ、アルメイダ邸ですね。シントラの。

——はい、シントラの綺麗な別荘とお聞きしました。それ以来、編集長、事務所のウェブサイトを拝見したりして、すっかり先生のファンになってるんです。それで、ぜひ再度、うちにご登場を、と。個人的願望ですね。

光栄です。わたしも、頂いたお手紙の内容がうれしかったんで、取材をお受けしようと思ったんです。ただ好きでやってる仕事です。ただ仕事をする人生です。でも、この二つをわかってくださる人は、めったにいません。うれしいです。

——やはり、根っこのところが、十五年前とぜんぜん変わられてないんですね。それに、外見も。あっ、そういえば、服装もですね。先回のお写真でも、こんな作業服でした。もしかして、同じものですか。

これですか？　同一物じゃないですけど、同じのを買い換えたものです。着てると、くたびれますからね。四、五年に一回は買い換えます。けど、よそゆきの私服は、もう二十年以上、買ってませんね。黒のワンピースが、二着。こっちは、めったに着ないから、くたびれないんです。

——え？　同じワンピースで二十年以上、ですか。体形やサイズが変わられないのも驚きですけど、よそゆきがたった二着っていうのも……。いえ、失礼しました。本題に入ります。あの有名なディエゴ・フォンセカ先生の事務所から独立され、ダ・コスタ建築設計事務所を開設されたのが、十五年前ですよね。

いいえ、事実上の開設は、もっとあとです。貴誌の取材を受けてから、ええっと、五ヵ月も経って、二月の末に、やっと最初のまともなクライアントと出会いまして、仕事をして、設計料の一部を頂いたのは、もう五月でした。五月です。ということで、実際の開設は、十四年と四ヵ月前ですね。

——「やっと最初のまともなクライアントと出会い」とおっしゃいましたが、それまで、すこし苦労された、とかですか。

アハハ、そうですね。苛烈な苦労じゃないですけど、ちっちゃな苦労話にはなるかもしれません。

——よろしかったら、お聴かせください。

盗まれたんですよ。設計案を持って行かれました。

——ええっ？　盗作ですか。

厳密には、盗まれてません。三百ユーロだけ送り付けられましたから。現金書留で。笑っちゃいますよね。たった三枚のお札で、設計案を買い叩かれたんです。もちろん、細かい設計に取りかかる前の、イメージ図ですけどね。でも、ある意味、それが全て、とも言えるわけですよ。アイデアなわけですから。「絵」ですから。最初に絵がひらめいてこそ、設計が出来るんですから。

――ですよね。知的所有権じゃないですか。抗議されたんでしょう?

いいえ。契約書は交わしてなかったんで。悪徳きわまるやり口だけど、違法ではない。法に訴えられないから、抗議しても、イコール個人的な喧嘩、ってことになっちゃいますよね。そういうの、消耗するでしょう? そんな虚しいストレス被《こうむ》るくらいなら、もういいや、って思いました。

――そんな……くやしいじゃないですか。しかも、たったの三百ユーロって、そんな。失礼ですが、依頼を受けてらしたら、設計料、おいくらぐらいになった件なんですか。

あれですと、低く見積もっても、二万ユーロの案件ですね。

――うわあ。そんな大きな案件。悪徳すぎます。ひどい。個人の住宅じゃなさそうですね?

はい、レストランです。もう十五年も前なんで、笑い話です。いまもやってますよ、そのお店。フレンチの『桜』。ご存じないですか。

——知ってますよ！　知ってますとも。あの美しいレストラン『桜』でしょう。わたし、大好きなんです。記念日のときとか、何度か行ってます。中二階のバルコン、最高ですよ。あれ、先生のアイデアだったんですか。

そうです。

——うわあ。なんてこと。あの、夢のような空間。優美な。あれも、ダ・コスタ作品だったんですね。うわあ……なんだか、感激です。

いえいえ、わたしの作品ではないです。設計者は別にいますよ。

——だれですか？

知らないです。たまたま、アルミランテ・レイス通りの『桜』の前を通りかかって、自分の案が盗まれたのを知ったんですけど、わたしは、抗議もなにも、ノー・タッチで放置しましたからね。たぶん、オーナーが懇意にしてる工務店の、そのまた懇意の設計士がやったんでしょう。よくある癒着《じょうず》ですよ。知り合いで固めて、お互い恩を売り合って利益を上げていく、という。商売がお上手ですね。

――うーん……なんだか、正直、げんなりしますね。

そうですね。だけど、作品自体に罪はないし、わたしの案がきちんと、詳細な設計図に移されて、施工されて、いまだに実際あなたも、あの空間を愉しんでくださってるわけです。それって、やっぱり、うれしいことですよ。

――ああ。さすが。突き抜けてらっしゃいますね。さすがです。このお話、書きたいです。とっても書きたいんですけど、でも、内容的に差し障り、ありそうですね？　営業中のレストランでもありますし。

ですね。オフレコが無難でしょう。

──わかりました。やむを得ず。で、その後やっと最初のまともなクライアントと出会って、事務所が始動した、と。どんな出会いだったんですか。

ネットのマッチング・サイトです。市内にアパートを買った人が、内装の設計者を募集してまして。

──なるほど。ネットの恩恵ですね。それに、今度はまともなクライアントさんに出会われて、なによりです。

はい。ありがたかったです。じつは、『桜』の前を通りかかって盗作を知ったのは、まさに、そのクライアントに会いに行く途中だったんですよ。「やっと、案件が取れるぞ」って、やる気満満でアルミランテ・レイス通りを北上してましたら、あのざまです。ガーン、と。あまりのショックでしばらく動けず。すぐには立ち直れそうになかったんで、その未来のクライアントに電話して、アポの変更を頼みました。

——で、その人は、快く応じてくれたんですね。

そうなんです。「すみません。体調がすぐれず……」って言って、こっちはショックのどん底から恐縮して必死で謝って頼んだんですけど、向こうさんは「あ、いいですよ、後日で。お体、お大事に」って、あっさり。いい人です。救われました。素敵なご夫婦で、いまも、ご縁が続いてるんです。知り合いのかたがたの設計依頼もご紹介いただいたりしまして。

——そうですか。そのときは、じゃあ、「地獄に仏」ですね。最悪にやられてどん底に落ちてるとき、そんないい人から、救いの声が聞こえたんですから。

その通りです。捨てる神あれば拾う神あり、ですかね。ほんとうに、感謝してます。

——それからは、わりと順調に来られたんですか。

そう、ですね。そのご夫婦の案件が終わる直前に、こんどは元同僚が、これまたアパートの内装の依頼を紹介してくれまして。そのあとも、紹介、紹介と、ご縁がご縁を呼ぶかたちで、なんとか続いてきました。

——元同僚のかたっていうのは、フォンセカ事務所の、ですか。

はい。ロドリゴ・サントスという人です。彼も独立して事務所持ってます。いい建築士ですよ。人柄もいいいし。わたしの恩人の一人です。いまでも、ときどき仕事で協力し合ってます。

——ロドリゴ・サントス先生。あとでウェブサイト、拝見しますね。やっぱり、さすがフォンセカ先生のお弟子さんたちって皆さん、活躍されてるんですね。

うん。けっこう皆さん、そうですね。

——師匠のフォンセカ先生ご自身とも、ずっと交流されてるんですか。師弟関係は健在、ですか。

いいえ。おつき合いはないです。ぜんぜん、喧嘩したとか、決裂したとかじゃないんですけど。

——フォンセカ先生って、もうかなりのお年かと思いますけど、まだまだ現役でご活躍ですよね。

でしょう。たまにロドリゴから噂《うわさ》を聞きますし、つい最近も、建築雑誌に先生の最新作とコメントが載ってました。現役バリバリでしょうね。

——何歳ぐらいですかね。

先生ですか。ええっと、わたしより二十二歳上ですから、当年とって、七十一歳です。

——なるほど。でも、建築家の場合、七十一歳っていうのは、普通に現役の年齢ですよね。

はい。「いま、まさに円熟に向かわんとす」って時期でしょう。

——そうですか。気鋭の女性建築家、マダレーナ・マリア・ダ・コスタ対、円熟の師匠、ディエゴ・フォンセカ。おお。これ、ちょっといいですね。いかがです、ご対談？

アッハ、対談。おんなじこと、おっしゃいますね。前回取材のライターさんも、師弟対談どうですか、っておっしゃいましたよ。おもしろい。

——そうだったんですか。すみません、代わり映えせず。でも、師弟関係って、興味深いんですよ。あらゆる人間関係の中でも、いちばん面白いんじゃないですか。一種高尚だけど、なんだか妖しげでもあって。それが異性の師弟となれば、なおさら興味そそります。あとでお伺いするつもりだったんですけど、じゃあ、もうここでお伺いしますね。事務所に一人、建築士を雇っておられますよね。サイトによりますと、エンリケ・コルテスさん。いわゆるお弟子さん、ですか。

そう、ですね。そう言われれば、そうです。けど実際の関係は、もっとくだけてますよ。わたしには威厳がないですから。師弟というよりは、先輩後輩って感じかな？

――コルテスさんは、おいくつなんですか。

もうすぐ二十九歳です。入所して、ちょうど四年になりますね。

――女性の師匠に、男性の弟子ですね。年の差、二十歳。きっかけ、っていいますか、どんな経緯で雇われたんですか。

普通に、所員を公募してね。五人応募してきた中から、彼を採用しました。

――採用の決め手は？

価値観です。わたしが書いた、公募の文言への反応がよかったんです。「当方で仕事をしても、なにものにもなれません。設計のよろこびを得られるのみ。偉くなりたい人は、他所《たしょ》へどうぞ。仕事が好きで、いい仕事をしたい建築士の人、来てください」って書いたんです。エンリケ・コルテスの反応が最高でした。

——どんなですか？

わたしのその文言が理由で応募した、って言うんです。僕はその通り、出世に興味なく、仕事自体が好きな人間だし、おそらく所長もそんな人なんでしょうから、合うと思いました、って。シンプルで、いいですね。

——なるほど。類が友を呼んだ、ってことでしょうか。それで、やっぱり、いい感じですか。

そうですね。まあ、うまくいってます。彼も大工さんたちが好きみたいでしてね、よく現場に行くんですよ。用もないのに？　ハハハ。で、わたしのまねして作業服。へんな建築士です。

——じゃあ、事務所に、なにやら作業服の男女が二人、なんて光景も？

たまに、あります。短時間ですけど。もとから、あんまり事務所で一緒にいないんですよ。わたしは狭い自宅を事務所にしちゃってまして、彼は、打ち合わせの時しか来ないんです。作業はもっぱら、各自の家でやってます。

――あっ、そうなんですか。事務所はアルファマってなってますけど、じゃあ、ご自宅も。で、コルテスさんは、近くにお住まいなんですか。

はい。採用が決まって間もなく、アルファマに引っ越してきました。彼氏と一緒に。

――彼氏？　あっ……同性の……そう、ですか。

昔は、事務所を開くならグラッサに、って思ってたんですけど、たまたまアルファマに馴《な》染《じ》んじゃいましてね。それに、自宅を事務所にしてしまえば、経費も増しませんし。すっかりアルファマに居着いてます。

――なぜ、グラッサにって昔、思われてたんですか。

思い出があるんですよ。前回の記事に書いてなかったですか。わたしは記事の原稿しか見てないんですけど。って言っても、十五年も前だし、バック・ナンバー自体、ないですね？

——いえいえ、あります、あります。もちろん、読ませていただきました。すみません、グラッサのお話、いま思い出しました。小屋ですよね。絵のすごくうまいお友だちがいて、っていう。

そうそう、それです。それがグラッサの小屋です。フェルナンドです。

——フェルナンド？　お友だちのお名前ですね？　フランスに移住して以来、音信不通の。もしかして、あれから、再会されました？

いいえ。たぶん、再会はないでしょう。必死で探せば別でしょうけど。遠い、遠い昔です。こういうの、「近くて遠いグラッサよ」なんて言うんですよね。

――歳月《さいげつ》ですね。でも、再会がないとは限りませんよ。お二人とも、充分お若いし。四十九歳なんて、まだ人生の中間地点じゃないですか。

ありがとうございます。じゃあ、いつかまた逢えるのを願って、生きますか。

――グッド・ラック。では、ここでちょっと、お仕事そのものについてお伺いしたいと思います。今までのご事績と、これからのご展望を。事務所を開かれてから、十四年と四ヵ月。この間《かん》に手がけられたお仕事のうち、とくに喜びが大きかったのは、どんなものですか。

むずかしい質問ですねえ。どの案件も、苦しさもよろこびも大きくて、甲乙つけがたいですからね。「とくに」は、どれかなあ？……あえて言うなら、本当にお世話になった人に、恩返しのつもりで、やらせてもらった案件ですかね。

――どんな人に、どんな案件を、ですか。

アルファマで小さなレストランをやってるシェフの、プライベートの新居です。お店がずっと大繁盛なんで、きっと余裕なんでしょう。新しいパートナーとの出逢いを機に、素敵なアパートを買われましてね。その内装を設計させてもらいました。

——恩返しということは、格安で、ですか。

はい。気持ちとしては無料でさし上げたかったんですけど、なにぶん、うちはいつも自転車操業で、正直、お金の余裕はありませんし、それに、カリム、あ、そのシェフですけど、彼のほうも、まるっきりタダでは、罪悪感があるでしょう。なので、通常設計料の二十五パーセントを頂きました。超格安ですね。

——そのお仕事が、とくに喜ばしかったのですね。

はい。カリムへの恩返し、っていうのが、理屈抜きに、ただただ、うれしかったです。終始あったかい気持ちでやれました。「彼女さんと、おしあわせに」って、祈りを込めてデザインしました。「心温まる」っていうのは、だれかの温かい気持ちに触れるときばっかりじゃないんですね。気持ちを送る側も、自分自身の心が温まるんですね。

――いいですね。カリムさんって、どんな恩人なんですか。

独立した直後の、食べられない期間、お店でバイトさせてもらったんです。ウェイトレスの。ほんとにありがたかったです。生活のためですから、事実上、命の恩人です。

――そうだったんですか。珍しいですね、建築士の先生が飲食店でバイトって。いや、でも、ダ・コスタさんなら、あり得るか。いい意味で、ですよ、もちろん。先生、破格ですから。

マダレーナって、呼んでください。「親方」でもいいし。この服なんで、アルファマじゃ、すっかり「親方」なんです。みんな、そう呼びます。そうだ、あなたもぜひ、親方って呼んでください。

――わかりました。では、恐縮ながら、親方と。親方、今後のご展望は、どうでしょう。この十四年間、さまざまな作品を手がけてらっしゃいますね。いくつかは建築雑誌にも取り上げられ、賞賛されました。どれも名作です。高級アパートの内装、郊外の一戸建て、リゾート地の別荘……個人のお邸《やしき》ですね。一方、レストランやカフェ、高級ジュエリー店、高級車ショールームも。また、保育園、児童図書館等、教育施設も。あと、お墓も設計されてますね。いや、でも、こうやって並べてますと、自転車操業なんておっしゃいますけど、とても、そんなふうには見えないです。

自転車です。謙遜とか、逆見栄《みえ》を張ってるわけじゃないですよ。正味です。案件の依頼がなかったら、見る間《ま》に食いっぱぐれます。本業のほかに、不動産投資とかをやってれば別でしょうけどね。わたしはお金を運用したり、貯めたりしませんので、ほんとに自転車なんです。走ってなんぼ、止まったら死にます。

いままでなんとかやってこれたのも、たまたま、かろうじて、依頼が途切れなかったからです。たまたまです。なんの保証もありません。これからも、ずっと。究極、運だのみですよ。自営って皆、根本的には、そうだと思います。つねに崖っぷちです。

――なるほど。崖っぷちですか。それでもやり甲斐があるから、されるんですよね。

はい、そうです。自分の裁量で、それと表裏一体の全責任、全リスクを負って、仕事をするのがいちばんです。やり甲斐、最大です。それに、どんな結果にも納得できます。自業自得ですから。シンプルですね。

――はい。シンプルで、わたしでも一応は理解してることですけど、先生、いえ、親方の口からお聴きしますと、なんだか……あらためて新鮮な深みがあります。話が逸れちゃって、すみません。逸れついでに、もう一つお伺いしたいんですけど、お墓の設計って、どうなんですか。面白かったですか。

はい。愉しめました。別荘を依頼してくれた施主さんのお父さんが九十歳で、まだお元気だったんですけど、死ぬまでに、自分でお墓のデザインをしっかり決めておきたい、細部まで、って。親子のクライアントですね。ありがたい。

――お墓まで設計するなんて。しかも、わざわざプロの建築士を雇ってなんて。かなりのこだわりとお金の持ち主ですね。

その通り。九十歳のご本人いわく、「自分が蓄えた財宝は、この世で生かさねばならんから、息子らに渡す。だから、墓自体を金銀で飾り立ては、せん。豪壮なミニ・ピラミッドを造りたいわけじゃないんだ。ただ、あの世へ行っても、幸せに暮らせるよう、験《げん》のいい墓を建てたい。その点だけは、古代エジプトのピラミッドと同じコンセプトだ」って。

——へええ。面白い人ですねえ。あの世があると信じてて、そのうえ、自分の願いがあの世まで通じる、とも思ってる。ウハハ、すごいお金持ちだと、人間、逆に無邪気になっちゃうんですかねえ。

アハハ、そうかも。でも、まじめなリクエストだし、こっちも百パーセントまじめに受けとめて、まじめに考えましたよ。ピラミッドの宗教的、哲学的背景を勉強したり、神聖なる幾何学文様について調べたり。

——愉しそうですね。冥界のオシリス神が……なんて。知的好奇心をそそるじゃないですか。

そうなんですよ。けっこうはまりましたね。「墓とは何か」っていう墓哲学に。文化的に愉しい案件でした。それに、考えてみれば、生きてる人を容れる物だけが建築物じゃないですもんね。亡くなった人を擁するのも「建築物」です。仕事の幅が広がりましたよ。

――なるほど。で、どんなお墓にされたんですか。

けっきょく、ご本人の来し方《こかた》から発想させてもらいました。尋ねたんですよ。「九十年の人生をふり返られて、本当は心からやりたかったけど、できなかったこと、ありませんか。できることならなりたかったけど、なれなかった職業とか」って。

そしたら、「じつは、こう見えても、わたしは読書好きで、その昔は文学青年だったんだ。孤独だったけど、好きな本さえ読んでれば、幸せだった。高校出るまでは、本気で作家になりたかったんだ」って告白されたんです。けっこうしみじみと語られて。「でも、父親の事業を継ぐ運命だったから、せんかたなく実業家になって、文学や芸術の世界とは縁遠い人生を生きてしまった。運命だな」って。しんみりと。濃い皺《しわ》を無数に刻んだお顔と、お年のせいでしょう、潤んだ眼に、サウダーデがただよってました。

それで迷わず、提案したんです。「じゃあ、それにしませんか。あの世へ行ったら、作家になる。生まれ変わっても、作家になる。今度こそ！　それを祈るためのお墓にしましょうよ」って。

——ああっ、いいですね。いいと思います。夢、あります。前を見てますから。わたしが九十歳のその人だったら、愉しみで、じゃあ、早く死にたいほどですよ。よーし、次こそ作家になるぞ、って。

でしょう？　あの世とか来世《らいせ》とかを信じてる、って前提のもとになら、最高に前向きで、すばらしい企画だと思うんです。生前の業績を称《たた》えるお墓はけっこうあります。サッカー選手の墓に、ゴールとボールをモチーフにしたデザイン、とか。けど、生前なれなかった職業をあの世で、っていう、前向きの、ある意味「未来志向の」コンセプトは斬新ですよね。同じ大往生でも、より明るく逝けます。

——はい。なんだか、希望があります。

ねえ。なんか……わたし自身も、そうありたいような。自分のお墓を造りたい、ってわけじゃないですよ。わたしは火葬で灰にしてもらって、コメルシオ広場からテージョ川にパラッと投げ入れてもらう予定ですから。ただ、死ぬ直前には原点にもどりたい気がするんです。九十歳の元実業家が、作家志望の文学青年という原点にもどったように。まあ、わたしの場合、職業は、原点で志望したとおりに成りましたけど、でも、あの小屋と友だちは、成りませんでした。無垢、だったけど。

——じゃあ、親方の、ヴァーチャルのお墓を想定するとしたら、モチーフは、小屋とフェルナンドとマダレーナですね。

あ、そうですね。そうなりますね……っていうか、これ。これって、懐古趣味？　ずいぶん後ろ向きじゃない？　ん？　なんだ？

——いいえ、違いますよ。前向きです、前向き。次こそフェルナンドに逢うぞ、って。元実業家の「今度こそ作家になるぞ」と同じですよ。いや、でも、親方の場合、あの世まで行かなくても、この世の時点で充分、彼に再会できますけどね。

ウハハハハ、ほんとね。おっしゃるとおり。バカな雑談しちゃって、すみません。

——いえいえ、こういう、ゆくりなく湧き出てくる雑談こそ、その人の本質を端的に表してたりするんです。重要です。けど、この件は、そのまま記事に明記するつもりはないです。極めてデリケートに私的な、ほとんど詩的なお話ですから。書くとしても、かなり表現に気を遣って、さらっと書き流します。

よろしくお願いします。

——ご安心ください。ところで、その九十歳のかたの「文学墓《ぼ》」は、どんな設計にされたんですか。画像はサイトに載せられてないみたいですけど。

設計といってもメインは、墓石の下絵を緻密に描いた、ってことになりますけどね。フフ、彫像の下絵を描くって、かなり特殊なケースですね。でも、三メートル四方の墓地区画をどう使うか、詳細な図面を引きましたから、れっきとした設計案件です。

墓石は、すなおに、ライティング・ビューローの形にしました。それも、ロココ調のかなり装飾的なデザインのものに。で、その蓋の部分、つまり作家が執筆時に使う平面に、そのかたのお名前と生年月日が彫ってある。普通の墓石だと、地面に垂直の面に名と年月日を彫るわけですが、この墓石の場合、地面に平行の面にそれらが彫ってあるわけです。ビューローの奥は、本を背差しで五冊立ててある様相に象《かたど》ってます。その横に、鵞《が》ペンとインク壺も象って。

腕のいい石工《いしく》さんでした。ふつう、下絵はご自分で描くものなのに、設計士がしゃしゃり出てきた上、ひどく細かい「設計図絵」を持ってきやがる。しかも、パースのみならず、立面図、断面図、平面図まで。墓石一基に対して、ですよ。愉しいはずないですよね。なのに、その人、「はい、了解です」って、あっさり快諾してくれたんです。びっくりしました。そして石のライティング・ビューローを、それら設計図のとおりに、彫《ほ》り上げてくださったんです。これ以上ないほど細密に、美しく。感動しました。

――すばらしい！　その石工さんも並みじゃないですね。これも「類、友を呼ぶ」でしょうか。墓石の平面に生年月日、とおっしゃいましたけど、没年月日とはおっしゃいませんでしたね。そのクライアントさん、まだご健在なんですね。

はい。亡くなったらすぐ連絡が入るはずで、まだ入りませんから、ご健在と思います。いまは、たぶん、九十四歳ですか。美しいお墓も出来上がってますし、もう安心して、逆に、百歳超えて長生きしていただきたいです。

ライティング・ビューロー形の墓石の前には、いわゆる墓穴が地中深く整備されているわけですが、その墓穴の蓋の石は、本の形にしたんです。でも、一冊じゃ、単なる一長方形なんで、普通の蓋石と同じで面白くないですから、二冊の本をX字状に重ねたデザインにしました。施主さんは、大往生されたあと、スフィンクスじゃないですけど、二冊の頼もしい書物に守られて、来《きた》るべき世で作家への第一歩を踏み出される、というわけです。さいわい、ご本人も、とっても気に入ってくださってます。

――ほんとにファンタジックなお墓。粋狂《すいきょう》ですねえ。

そう。そうなんです。一戸建て、別荘、ってだけでも、えらく贅沢なのに、お墓までできたら、もう粋狂ですよね。そこですよ。さっき言われた本題ですけど、それにつながるんです。

――と、おっしゃいますと?

今後の展望です。すこし路線を変える、というか、加えたい気があるんです。建築士って、依頼者のほとんどが裕福な人たちなんです。社会のいわゆる強者、って言いますか。お金持ちで、美意識も高い、最高に恵まれた人たちです。

そういう上流のかたがたを、わたしが嫌ってるわけじゃありません。とんでもない。むしろ好きです。善良で裕福で趣味のいい彼らのおかげで、仕事ができるんですから。彼らがいなかったら、わたしはとっくの昔に飢え死にしてます。まちがいない。それに、いままでご縁のあった、富裕層の人たちの九割は、人柄も温良で素敵でした。

――そうでしょうね。「が、しかし……」というわけですね。

はい。そんな強者っていうか、恵まれた層のかたがたからお仕事を頂きながら、一方では、いわゆる弱者、弱い、恵まれない人たちのためにも、なにか、仕事で貢献させていただきたい気が、最近、自分の中でだんだん高まってきてるんです。

――なるほど。興味あります。例えば、どんな方面ですか。慈善事業の系統ですか。

そうですね。ＤＶとかの虐待に悩む女性のシェルターとか、子どもの養護寮とか。そういったものを設計したい気があります。入所する、傷ついた女性や子どもたちに、できるだけ癒やしをもたらせるような建物をデザインしたいですね。

——慈善の精神ですね。尊敬します。わたしも、ご多分にもれず、カトリックですし、その向きに好感持ちます。親方も、ポルトガル人ということで、たぶん、同宗ですよね？　いま慈善方面に関心おありなのは、やっぱ、カトリック的な流れなんですか。

基盤は、そうでしょう。カトリックという背景がわたしの精神基盤にあっての、慈善志向でしょうね。根本的には。だけど、それだけでもないんです。

個人的に、弱い人へのシンパシーがあるんです。極端に言えば、虐《しいた》げられた人たち、って言うのかな？　いや、虐げられてなくても、ただ弱い人、例えば、小さな子どもとか、ご病気の人とか、お年寄りとかへも。まあ、限定はないです。老若男女、自分個人に非はないのに、自分ではどうしようもなく不当に、酷《ひど》い目に遭わされている人に、同感……っていうか、同情します。

昔からそういう性向はあったんですけど、昔はまだ、仕事に余裕がなくて。最近やっと、そっちのほうにも向けるようになったんです。これからは、そういった社会福祉系の仕事も、自分から開拓してみようかな、って。

――ははあ。独立後十五年目、ご誕生後五十年目を迎え、いよいよ、公共の福祉へと向かわれる……あ、すみません。つい、キャッチふうに言っちゃいました。

いえいえ、大丈夫です。それがお仕事でしょう。さすがです。言葉が的確で、しかも速い。把握力、瞬発力。

――ウハッ、すみません。お褒めいただくなんて。とんでもないです。恐れ入ります。あの……わたしどもの仕事にお気遣いいただいたついでに、と言ってはなんですが、最後に、女性誌定番の質問をさせてください。いまだに社会にしつこく残る男女差別、女性蔑視について、です。昨今「セクハラ」という言葉も定着してますけど、性差別に関して、なにか、ご意見を賜りたいんです。建築士の世界にも、女性蔑視とかセクハラみたいなこと、あったりするんでしょうか。

そうですねえ。大問題ですよね。悪質で、根深い。わたし自身は職場でセクハラに遭ったことないですから、あくまで第三者の意見ですけど。それでも、同性ですから、被害者女性の痛みを想うと、怒りを感じます。殺意すら。

——あっ。それほど。

そりゃそうです。あなたも、女性として、わかるでしょう？

——あ、はい。まあ、そうですね。言われてみれば……はい。以前メトロで痴漢に遭ったとき、腹立って腹立って、どうしても許せなかったです。殺したいと思いました。確かに。

でしょう。そうなんです。当たり前です。痴漢も強姦も、同罪ですよ。死刑に処すべきです。いや、殺しても足りないね。男が、性差による、肉体の圧倒的な力で、女を踏みつけにする。最悪に卑劣です。死刑です。惨殺《ざんさつ》で。

――そうですね。強姦犯となれば、わたしも個人的に、惨殺で抹殺すべきと思います。

はい。でも、話のまとを職場のセクハラに絞るんなら、そこには、卑劣な女性蔑視以外に、もう一つ、同じだけ卑劣な体質が潜《ひそ》んでいる、と思います。

――どんな体質ですか。

階級意識です。いやらしい優越意識です、支配者側の。大体セクハラって、同等同士じゃなくて、上下関係の中で起こってるわけでしょう？

失礼ながら、仮に建築事務所で想定してみると、建築士である所長が、事務の女性とか秘書の女性に対して、セクハラをやるわけです。一方、所長が、雇っている弟子の女性建築士にセクハラをやるケースは、そんなにないと思うんです。弟子も同じ「部下」なんですけどね。

だから、上下関係といっても、要は階級意識なんです。事務職や秘書の女子には、なにをしてもいいと思ってる。心のどこかで。おまえら小間使《こま》いは、こまごま、俺の身のまわりの世話をやいてりゃいいんだ、と。彼女らの人格を、尊厳を認めてないんです。つまり、人間あつかいしてない。

卑劣です。最悪に。職種や地位で人の優劣を付けて、階級的優越意識から、人を虐げる。これって原理的に、ナチスのユダヤ人迫害と同罪ですよ。ナチスの場合、人種的偏見なので、そこは違いますけど、原理は同じです。人を「種」で見て、優劣を付けてますから。

建築士が偉くて、事務や秘書は召し使い。総合職対一般職。ホワイトカラー対ブルーカラー。頭脳労働対肉体労働。上流、中流、下流。こんないやらしい偏見、ありますか？　これ、こうやって言葉で並べたら、単なる陳腐な対句たちですけど、実際は、もう……吐き気しますよ。吐きます。この、卑劣極まる差別は、現実社会のそこここに、事実、根深くはびこってます。

わたしは、そんな人間社会を憎みます。嘔吐しますよ。「そんなふうに優劣、階級を付けて、互いをいやらしく評価し合い、いやらしくあつかい合うのが人間だ。それが、人間の性《さが》なんだ」と言うなら、わたしは人間を辞めます。それが性なら、わたしは人間じゃないし、人間なんかに遭いたくもないんで。

――おお……真情ですね。ありがとうございます。

おもわず、その……奥底の気持ちが出ちゃいましたね。興奮気味で、すみません。でも、おっしゃる通り、真情です。階級意識ほど嫌いなものはないんです。諸悪の根源です。「劣」と見なされるのは、だれでもいやに決まってますけど、逆に「優」と見なされるのも、わたしはいやなんです。どっちも災厄です。

――逆差別、ですか。

どうでしょう。厳密には、ちょっと違うかな？　逆差別っていうよりは、自分たち自身を「劣」と見なして、勝手に自虐的になってる人から、不当に復讐される、ってことです。「種」の復讐です。個人的には身に覚えがないのに、「階級」として憎まれたあげく、「階級」の代表に選ばれて、不当な天誅《てんちゅう》を下されてしまう。

――ええ？　そんな。酷《ひど》い話ですね。おさし支《つか》えなければ、お話しくださいますか。

ああ……そうですね。だけど、この話は、酷いし、長いし……またの機会があったら、お話しします。

——わかりました。ぜひ、また機会を下さい。そのお話をお聴きするしないにかかわらず。わたし、またお会いしたいんです、親方。

うん。ありがとう。じゃあ、また。

2

B＊＊誌の取材を受けてから、二ヵ月余りが経った。

待降節《たいこうせつ》に入ったリスボンは、「待ってました。今こそは」とばかりに、諸人《もろびと》の性善《せいぜん》を、ありったけの光と色彩にのせて、歌いつづけていた。そこへ、まるで妙《たえ》なるオブリガートを奏でるように、来たばかりの冬の冷気がきらめき、鳴っている。彩光と清冽の、世にも晴れやかな合唱が、街をあげて、キリストの降誕を待ち望んでいた。

児童養護施設の公募が出た。設計コンペだ。

主催者、施主は、フランシスコ・モンテイロ氏。小学校から大学まで、いくつもの学校を経営する事業家だ。代々続く名家の当主であり、知る人ぞ知る、カトリックの篤志家《とくしか》でもある。

こんど初めて児童養護施設を創る。親と共に暮らせない子どもたちが、安心して成長してゆける環境を編み出したい。ついては、設計の妙案を広く募る。応募資格は、「建築士であること」のみ。と、呼びかけている。

これは！　わたしに「やれ」と言っているようなものだ。マダレーナ・マリア・ダ・コスタは、思った。ぜひ、やらせていただかねばならない。

応募の締切は、一月末日。二ヵ月先だ。そのあと一次、二次と選考が進み、三次が最終選考となる。設計受注者の決定は三月末だという。

ダ・コスタ建築設計事務所は、いままで一度だけ、公募コンペに応募したことがある。ただ一人雇っている建築士、エンリケ・コルテスが希望したからだ。案件はホテルの屋上プールだったが、その設計競技には、負けた。

まだ新人だったコルテスを育てるために、彼の自主性を尊重し、全てを任せた上で、求められたら助言をする、という形をとった。受注には至らなかったけれども、コルテスが充実感と良い経験を手にしたので、マダレーナも満足していた。

しかし今度は、負けられない。弟子の育成とは、意味が違う。おのれの生き様《ざま》が、かかっているのだ。建築家としての、いや、一人間としての生き様が。

独立して十四年半、どうにか、サンタ・セシーリア教会への寄付は続けてきた。例によって、個人収入が入るたびに、その四分の一を送り、それらは、苦しむ人や恵まれない子どものために使われている。

けれどマダレーナは、なお尽くしたかった。お金の寄付にとどまらず、仕事の内容も、慈善事業の方向へ傾けたかったのだ。

心や体に傷を負わされた人たちをやさしく抱きかかえ、癒やし、励ます空間を設計したい。むかしロドリゴ・サントスが、おどけ半分に彼女を「公共建築のマリア」と呼んだが、いわば「慈善建築のマリア」になりたいと本気で思う。

来年、五十歳になる。長生きするとは思えない自分が、このさき何年生きるか知らないけれど、死ぬときは結局、「仕事をして、かつ、慈善にも貢献した人間」として死んでいきたい。自分がこの世に生を受け、半世紀も生き延びてきた理由は、それしかない。

自分の使命を、そう信じていた。確信があった。

彼女は、みずからの運命を知っていた。

おそらく、大多数の人間は、「運命」という言葉は知っているけれど、自分自身の運命を知ることはないまま、生きて死んでいく。それがまた、一種の幸いなのかもしれない。

生きている途中で、おのれの運命を知るためには、知らざるを得ない破目に陥らなければならない。まっ逆さまに。

つまり、地獄を見て初めて、その向こうに運命が見えるのだ。運命、使命、宿命……。呼び名は、どうでもよい。ただ、自分のそれをまざまざと知っているのは、人生のどこかで地獄に堕ちた、数少ない者たちだけなのだ。

マダレーナ・マリアは、その一人だった。自分の運命、すなわち使命を知っていて、それに従うのみならず、使命を果たし尽くして死のうとしていた。

絶対に、この案件を獲《と》る。なんとしても受注して、春のように温厚な生活空間を案じる。入所の子らを慈しむ。

意を決した建築家は、すでに自分の勝利を確信していた。勝利とは、むろん、コンペに勝つことではない。入所する孤影《こえい》の子どもが、一人残らず、慰撫《いぶ》され、癒されること。それが勝利だ。そのために渾身《こんしん》を献げたい。と、彼女はこころから希《こいねが》った。

延床面積《のべゆか》一千五百平方メートル近くの工事となれば、設計料は、最低に見積もっても、三十五万ユーロと思われる。マダレーナとエンリケ・コルテスの個人年収を合わせて、三倍したものだ。理論上は、二人で三年、遊んで暮らせる。

では、現実上、どうするか。半分を、サンタ・セシーリア教会に納めよう。シスター・ペレイラも驚喜するに違いない。あとは、エンリケへの潤沢なボーナスと、自分個人への報酬と、事務所への内部留保に分けるのだが、今のところ、内訳は未定だ。

しかし、教会への大口の寄付もさることながら、今回は、設計そのものによって直接、子どもたちを救うのだ。これこそが、今世《こんぜ》、自分に課された真の仕事ではないか。

マダレーナは、この三十年間、胸の闇《くら》い秘奥《ひおう》に負ってきた、おのれの十字架を思った。

イエスは、ほかならぬ自分を磔《はりつけ》にするための重い十字架を、みずからの背に負って運び、磔になった。

そこまで凄絶に献げる気はない。いや、そもそも、理不尽かつ惨絶きわまる磔刑《たっけい》になら、すでに三十年前、処せられた。マダレーナが十字架を負ったのは、その磔刑のあとなのだ。

二度と不当な磔になどなる気はないが、背負い来た十字架の重みの下《もと》、身魂を込めた仕事を奉《たてまつ》りたい、とは熱く願う。

マダレーナは、もはや、それしか望まなかった。この仕事をするために、建築士になったのだ。まさに、いま、その秋《とき》が来た。

3

さっそく、プランニングに取りかかった。

運よく、時機も絶好だった。いままで取り組んできた案件が、ちょうど監理の終盤の段階にあったため、エンリケに任せきりで、全く問題はない。

彼には、これを機会に初めて、自分の慈善志向を話し、長年マドリッドの教会に寄付を続けてきた事実も打ち明けた。ただ、なぜ慈善に傾き、なぜその教会に送金するのかは、明かさなかった。

弟子のほうもまた、持ち前の鋭敏な触角《しょっかく》をはたらかせたのか、好奇の問いなど投げかけてこない。さすが、ダ・コスタ所長も見込んだ紳士だ。

その繊細な品性が敬《うやま》え、頼めるので、かえってこの青年には、いずれ、秘めてきた私事の一部を開示し、自分が死んだあとを託してもいいかもしれない。マダレーナは、ふと、そんなことも考えた。

エンリケ・コルテスは、

「わかりました。僕も全面協力します。がんばってください、親方。絶対、勝ちましょう」

と言って、若い男にしかできないたぐいの、堅いまなざしとうなずきを、真っ直ぐにくれた。その眼と振りは、木菟《みみずく》のそれのように、ひたすら堅く、ひたむきだった。

いいやつだ。この眼にならら、有形無形のささやかな遺産をすべて渡せる。と、親方は思った。

学校法人・モンテイロ学園の児童養護施設建設予定地を視《み》に行った。リスボンの北東郊外に位置する、高い丘の上だ。小さな山と言ってもよい。

その場に立ち、三六〇度を見わたす。鳥たちの声に耳をすませ、風の音を探し求める。こんどは目を閉じて、鼻で空気を思いきり吸い込み、木と葉と土の匂いを嗅いでみたが、気がつけば陶然と、それを貪欲に何度も味わっていた。大地の山の匂いだった。

そっと目を開ける。

音もなく、イメージが降ってきた。それが地に降り着いた瞬間、「これしかない」と思えた。

木造で行く。コンクリートとの混構造でなく、純然たる木造住宅だ。しかも、大型の一棟や二棟にせず、小ぶりのものを五、六棟建て、あたかも、個人の家に住んでいるごとくに感じさせたい。

木がいい。そして、個。個人の家庭。家庭さながら。あたたかい。木と「おうち」は、あったかい。

木の家で行こう。キーは、「木」と「個」だ。

それに、個と言えば、個室。そうだ。全室、個室で行こう。一人部屋。それでこそ、安全というものではないか。

毎日帰ってゆける、ときには逃げ込める、一人だけの空間は、人間ならだれにでも、必要不可欠だ。それは、子どもも同じに違いない。安全地帯に守られ、安心できて初めて、集団生活を無事に続けられるのだ。

いや、待て。しょうみ全室、一人部屋では、支障もあるか。

入所者の年齢は、五歳から十八歳とされている。五歳児が一人部屋で寝起きするのは、たぶん厳しい。では、二人部屋をいくつか作ろう。そして二人部屋でも、可動間仕切《かどうまじき》りによって、いつでも実質個室に変えられるようにすればいい。

主題は決まった。「木のぬくもり」と「個のやすらぎ」だ。

「個」のほうは、個人住宅のような棟《むね》を個別に五、六戸建てることと、子どもらの部屋を事実上すべて個室にすることに反映させる。

「木」のほうは、つまり、全戸木造にする、ということだ。

木のおうちに住んで、一人部屋でくつろげる環境にいれば、家庭に恵まれなかった子どもたちの心体も、日ごとに救われていきやすいのではないか。

ダ・コスタは、この二つの主題に基づき、それらを明らかに体現した設計企画を提案することに決めた。

木造は、鉄筋コンクリート造より低いコストで済むけれど、そこをアピールする気はない。

むしろ、使う木材の質に妥協せず、できる限り良質のもので造りたい。

企画書は、一意専心により一週間で作れると見た。おそらく、降誕祭《こうたんさい》を迎える前に応募できる。

聖夜はことしも、エンリケおよびその彼氏と、三人で祝う。毎年、事務所、つまりマダレーナの自宅で盛り上がるのだが、ことしはきっと、このコンペの話題が花になるに違いない。

では、ひとつ彼らに、前祝いの乾杯でもしていただきますかな。マダレーナは想って、ひとりほほ笑んだ。

けど、わたしがコンペに勝つのを祝うためじゃないよ。施設に入所する子どもたちを祝うためだよ。「おめでとう。一年後のクリスマスには、あったかい、木のおうちで過ごせるよ」って。

あしながおばさんのマリアは目の前の、だれもいない更地《さらち》に向かって、右腕を高く突き出し、頼もしい堅さをもった笑みを湛えた。約束のような笑みだ。

その挙げた右手に彼女は、目には見えない松明《たいまつ》を掲げている。傷ついた、寄るべない魂たちを照らす、悲愛《ひあい》の炎がそこに、朱朱《あかあか》と燃えさかっていた。

4

フランシスコ・モンテイロ氏のオフィスは、プラタ通りにあった。路面電車が走る、リスボンで代表的な大路《おおじ》の一つだ。

広い通りに面した建物の一つがまるごと、モンテイロ学園の事務局になっている。古めかしいけれど、丁寧に維持されてきた、石造りの四階建てだ。

四月の初旬。におやかに晴れた日の昼下がり、マダレーナは、氏が私財をかけて創立する児童養護施設の設計受注者として、四階の理事長室を訪れた。

この日のため、じつに四半世紀ぶりに新調したワンピースを着ている。七分袖で黒一色だ。やわらかな絹地で、南欧の女性ものらしく、体に密着するデザインだが、裾はタイトでなく、フレアになっている。

モンテイロ理事長は五十六歳と聞いているが、とてもそうは見えない。「なんなら、まだ、サッカーでもできそうだな」とマダレーナは思う。第二次選考のプレゼンテーションの席で初めて顔を見たときも、二度目会うきょうも、そう思った。せいぜい四十過ぎにしか見えないのだ。

富と地位を誇る中高年の男がとかくやっていがちな無理のけはいが、この人には感じられない。夜な夜な、フランスから来た、お高いワインをきこしめし、山海の美味を貪《むさぼ》った上、その有害付贅《ふぜい》の熱量を相殺《そうさい》するため、ジムで無理やり、脂ぎった汗を絞り出している、老いてなお多血な俗物男の不自然さが、まるで感じられないのだ。

この自然さ、この若い、すこやかな佇《たたず》まいは、いったい、どこから来るのか。

あるいはこの人こそ、「あしながおじさん」こと、あの素敵な青年、ジャービス・ペンドルトンではないだろうか。

ドアのところであいさつしてから三秒足らずの間《あいだ》に、マダレーナはそんな想念を抱いた。

すずやかな「ジャービー坊っちゃま」にすすめられ、ダ・コスタ所長は、華やいだ黒の裳《も》裾《すそ》をしずかに揺らせて、悠揚と腰をソファーに下ろした。ソファーは革張りでなく、心地よい肌合いの、ブラウニー色の布を張ったものだった。

すわって目の前を見ると、暖炉がしつらえてあって、その上の壁に東洋の水墨画が掛かっていた。

おそらく、日本の幽谷だろう。その図は主張というものを全く知らず、静謐だけがそこに、ただ、あった。その、いじらしいまでの静けさは、しかし、かえって、見る者の心の底を乱してくる。

サウダーデ。マダレーナ・マリアは想った。これは、もしかしたら、日本人のサウダーデなのではないか。

負《ふ》のない悲しみ、というのが、ある。大切な人を失ったから悲しい、酷い目に遭ったから悲しい、というのではない。負の理由はなにもなく、ただ純粋に悲しい。そんな悲しみが、ある。

それは、「幸せ」や「美しさ」の名を纏って、人を不意打ちにする。この上ない、全き幸せ。この世を絶する、無上の美しさ。それらに見舞われた者の胸を突くのは、ほかでもない、悲しみなのだ。

人は、あまりにうれしいときも泣く。モーツァルトのあまりに麗しい旋律に感じ入ったときも泣く。もの哀しい短調ではなく、明るい長調の旋律でも、感じ入れば泣くのだ。これは、至上の幸福や美というものが即ち悲しみだからにほかならない。

マダレーナにとって、仕事への没入以外では、グラッサの小屋だけが、完全な幸せだった。芸術以外の世界では、フェルナンドと過ごした時間だけが、完全に美しいものだった。すなわち、澄んだ悲しみが、そこにある。

純粋な悲しみは、痛い。想い起こすと、みぞおちが疼《うず》く。サウダーデは、痛みをともなう。

マダレーナは、水墨画の下に目を移した。マントルピースの左端に、聖母マリアの小さな像が置いてある。見るからに上質な、陶製の白い像で、イエスは抱かず、単独の処女が、顔をうつむき加減にして、胸の前でたおやかに合掌していた。

ポルトガル人の多くは敬虔なカトリックであり、わけてもマリア信仰にあつい。人形のような聖母像を家にも置いて祀《まつ》るのは、彼らの典型的なならわしだ。

けれど、ここのマリアは別格に見える。あまりにも白く、しとやかだ。しかも、それは、上品なおとなの女のしとやかさでなく、無垢な少女の、幼気《いたいけ》なしとやかさなのだ。

突如、悲しみが、幽谷のそれよりはるかに研ぎ澄まされた悲しみが、マダレーナを襲った。胸の中心が痛んだ。

5

「じつを言いますと、いちばん最終の最終候補は、ダ・コスタ先生と、あのフォンセカ先生だったんですよ」

フランシスコ・モンテイロは、マダレーナと向かい合ったソファーに座るやいなや、にこやかに口を切った。

「あっ、そうなんですか。一次、二次の通過者が公表されましたから、最終候補にフォンセカ事務所も残ってるのは知ってましたけど、あの先生が公募に応募されてるのが、ちょっと意外でした」

「そこはね、根回しじゃないんですけど、逆に、うちのほうからご案内をさし上げたんです。長年実績のある著名な設計事務所に『あくまでフラットな公募ですけど、ぜひ、ご参戦ください』と。七つの事務所に逆アプローチをかけまして、ありがたいことに、六所が応募してくださいました」

「そういうことでしたか。激戦の中、選んでくださって、ありがとうございます」

何度目かの礼を述べながらマダレーナは、かつての師匠を思い出した。フォンセカは、まだツイッターがなかった十五、六年前、ネットの俗悪な掲示板に、彼女をおとしめる、事実無根の中傷を書き込んだような、恥ずかしい男でもあるけれど、建築家としては、まごうかたなく、稀有の偉才だ。そして、すばらしい指導者だった。

師匠というのは、人格も尊敬できればベストだけれど、いかんせん、それができなくても、師の偉業をたたえ、指導に感謝しつづけることはできる。

それにしても、ディエゴ・フォンセカの設計案を押して、自分の案が選ばれたとは、なんたる僥倖《ぎょうこう》。かつての弟子は、あらためて畏《おそ》れ入り、天運に感謝した。

むろん、確固たる自信を持って、優れた案を出した。とはいえ、あのフォンセカに勝っためには、強い運も必要だ。一次選考通過者リストに彼の名を見つけたとき、マダレーナは「うわあ! 最悪の難敵だ」と一瞬、顔を顰《しか》めたのだ。

因縁も感じた。エマ・カルドーゾとの不吉な邂逅《かいこう》のように、やはり過去は長い影を落とすのか、と。

空白期間の量まで似ている。エマに偶然再会させられたのも、今回フォンセカと「対戦」するに至ったのも、どちらも十四、五、六年、つまり十五年前後のブランクを経てなのだ。十五年の因縁か。そういえば、父が死んだとき、自分は四歳だった。そこからあの星月夜まで、十五年。

十五。なんの数字なのだ? マダレーナはそんなことまで、そのとき想ったのだった。

結局自分がコンペに勝てたのは、運がよかったのと、願いが強かったのが理由だろう。慈善事業のための施設を設計したい、という気持ちが、応募者六十七人の中で、だんぜん一番強かったに違いない。だからこそ、自分が選ばれたのだ。と、彼女はみずから納得できた。

「最終の最終、ダ・コスタ先生とフォンセカ先生の甲乙つけがたいところで、なにが決め手になったかと言いますとね——」

フランシスコは、上体をすこしだけ前に乗り出して、語りはじめた。背後、頭上に、枯淡な墨絵と純白のマリアを戴《いただ》いて。

「個です。先生のおっしゃる『個のやすらぎ』です。企画書にも明記されてますし、プレゼンの時も明言されましたよね。『孤独には、あたたかい、いや、ときには熱いまでの、安心がある』って」

「はい。わたしの信じるところです」

「わたしも、そう思います。同感なんです。世間ではとかく孤独は、寂しい、いけないものだとされてますよね。独りは虚しい。みんな集まれ、みんなで過ごそう。つながろう。絆《きずな》が大事、って」

「そうですね」

「でも、そんなに孤独って、ダメなんですか。絆って、それほど後生《ごしょう》大事ですか？　わたしは昔から、疑問なんです。そりゃ、人とのつながりあっての人生ですよ。当然です。絆は必須だと思います。つながりなしには、だれも生きていけません。しかしね、それも、土台に『個』が、豊かな孤独が確立されててこそじゃないですか。『まず、個ありき』ですよね」

マダレーナは一度だけ、ゆっくり深く、うなずいた。

男は、同じような堅いうなずきを返して、話を続けた。

「はっきり言って、世の軋轢《あつれき》の大半は結局、一人の時空の不足や欠如が原因だと思うんです。夫婦、親子、友人、同僚、同居人。始終くっつき過ぎるから揉《も》めるんですよ。根本因は、それです。皆もっと、一人で過ごす必要があるんです。一人でほっと安心したり、あるいは、一人で秘かに熱く燃えたりする時空をたっぷり取って、充実すべきです。時間と空間。両面からの、孤独の確保が急務です」

「全くです。わたしを代弁してくださってるみたいです」

「いえ、逆ですよ。先生のプランと趣意書が、わたしの願いを代弁してくださったんです。これだ、と思いました。これが俺の案だ、と」

「恐れ入ります」

「児童養護施設というのは、幼い子どもや多感な少年少女が共に暮らす家です。しかも彼らの多くは、心になんらかの傷も負ってます。その子たちの共同生活が健全に成り立ち、維持されるには、まず『安全な孤独』の確保が最優先だと思うんです」

「はい」

「家族も身寄りもない、それこそ孤独な子たちですから、一見、『じゃあ、寂しくないように、一人じゃなく、みんなで過ごせる時空を最大にしてあげよう。大家族で暮らしているかのように』と設計者は考えるかもしれませんけど、そこが盲点だと思うんです。実際は、集団より個を優先した設計にすべきです。ずばり、個室です。まず最初に、なるたけ広い一人部屋を、なるたけ多く作る。そしてそのあとで、食堂とか、多目的ルームとか、大きな共用室を配置していく。この考えのもとにデザインしてくださったのが先生です」

「はい」

「じつは、フォンセカ先生の案も、とてもすばらしいものでした。とくに、図書室とか。異例に大きい面積をあてて、閲覧スペースというより、ちょっとしたカフェ・テラスみたいな空間を創るプランでした。でも、カフェじゃないんです。図書室は、読む場所なんで、話す場所ではないですから。フォンセカ案によりますと、閲覧空間に、わざと、語り合うには大き過ぎる丸テーブルをいくつか置く。そうすると、同じテーブルで本を読んでいても、お互いちょうどいい距離が取れて、邪魔にならない。けど、自分の個室に本を持ち帰って一人で読む寂しさも免れる、と」

「なるほど」

「シャーロック・ホームズの兄、マイクロフトのディオゲネス・クラブじゃないですけど、無言の、ぬるーいようなつながりですね。会話はしないし、距離も取るけど、同室はしてる、という。フォンセカ先生は、図書室に限らず全体的に、そういうコンセプトを重視しておられました。『一緒に居るんだけど、それぞれ』みたいな。一種、広場の思想にも通じますね」

「そうですね。赤の他人たちが、集うともなく集う広場。お互い話さないけど、近くに座ってて、ほほ笑みくらいは、たまに交わす。と、そんな感じですね？」

「その通りです。絶妙なセンスですよね。さすが名建築家と思いました。ある空間に集う人間の心理的快適さを深く摑《つか》んでおられます。公共の図書館とかコミュニティ広場とかの設計でしたら、フォンセカ案が完璧だと思います。ただ、この件は養護施設です。子どもたちが寝起きする家。あくまで、住む家、すみかなんです。家ですから、共用空間も大事ですけど、その前に必須なのが、個有空間の充実です。個室です。ダ・コスタ先生のプランはそこをいちばん重視して、できるだけ広い一人部屋を、できるだけ多く作ることを最優先してくださってます。図書室で言ってみましても、『図書室で好きな本を借りたら、その場でだれかと一緒に座って読むんじゃなく、さっさと自分の部屋に持ち帰って、自分の世界で本を愉しめ。そのために最適な一人部屋にしてあるんだよ』って言わんばかりでしょう？」

ジャービー坊っちゃまは、しんそこ愉しそうに、眼を大きく見開き、歯を見せて笑った。なんの効果も狙わない、ただ内から湧き出てきたような笑いだった。

この笑いと組めることを、マダレーナは喜んだ。これまで多くの中年男女と仕事上かかわってきたが、こんな幼《おさな》い、ひたすらな笑みを浮かべる人は見たことがない。

つられて笑いながら、彼女が言った。

「そうです。その通り。ほんと、そうなんです。読書って、著者との対話ですもんね、一対一の。第三者がボーッと居合わせる空間じゃなく、個室で隠れて耽《ふけ》りたいですよねえ。著者と二人だけにしてくれ、邪魔すんな、と」

「そうそう、それです。同感します。僕も本好きなんで、わかるんです。著者と二人だけの世界、著者との密談、ですよね。ぜひとも、個室で鍵閉めて、だ。やっぱり先生も、そういう孤独癖《へき》っていうか、その、独りの時空を愛するタイプですか」

「はい。全くそうです。こどもの頃から、ずっと。よく独りで本も読みますし、独りで考えたり、想いに耽ることも、よくあります。もう一人の自分がいて、その第二の自分と対話するんです。えんえん。孤独症、ですね？　症状」

「あはは、いい症状です。僕も同病だ。じつはね、先生――」

「あっ、『親方』って呼んでください。よく現場用の作業服着てるんで、みんなにそう呼ばれてるんです。お願いします」

「わかりました。『親方』ですね。で、じつはね、親方、僕も孤独症で、それが昂じて、特殊な趣味になっちゃったんです。茶の湯、ってあるじゃないですか。日本の茶道」

「あ、はい。千利休ですね」

「そうです。もちろん、僕のは、まねごともいいとこなんですけどね。リスボン在住の日本人の先生に習ってます。茶道そのものよりは、精神統一のためにやってるようなもんです」

「マインドフルな境地、とかですか」

「はい。無心、ですね」

「モンテイロさんって、熱心なカトリックの篤志家でいらっしゃいますよね。でも、カトリック信徒としての祈りや瞑想とは別に、東洋の精神も求められるんですか」

「いい質問です。もちろん、イエス・キリストと聖母マリアへの祈りが絶対です。これはもう、絶対としか言いようがない。茶道のまねごととは、比べる次元じゃないです。ただ、茶道は、ある煩悶の末に知ることになった一つの習慣、と言いますか」

「煩悶？」

「……はい。じつは、二十一年前、息子を亡くしたんです。七歳でした。交通事故です。絶望しました。絶望なんて言葉じゃ軽過ぎますけど。あんな苦しみは……言葉になりません。地獄です。神に祈るだけじゃあ正気を保てなくなって、そのさきどう生きたらいいのか、わからなくて。やみくもに救いを求めて、いろんな本を読みあさりました。その中に、日本の禅や仏教思想なんかもあって、その底のとこを流れる『無』とか『無常観』とかに一縷《いちる》の癒やしを感じて、だんだん日本の精神文化に惹かれていったんです。その辺りでふと出会ったものの一つが、茶道です。一期一会と思って無心に、っていう」

「……息子さんのこと、おつらいですね」

「ありがとうございます。二十一年経っても、つらいです。でも、いくら言っても、しかたないです。息子は生き返りません。だけど、亡くなった息子のために、息子の死を根拠に、彼の死を生かして、なにかをやりたい、必死でやりたい、と思いました。それで、慈善活動を始めたんです。それ以前にもずっと、いわばカトリック信者のたしなみとして、寄付行為は積極的にやってましたけど、病院へのまとまった寄付とか、恵まれない子どもたちへの支援活動とかを始めたのは、息子が亡くなってから、いえ、亡くなったから、なんです」

「ああ……そうだったんですか」

「はい。そして、これからは、この養護施設で育つ子どもたちが、わたしの息子と娘です。息子は一人っ子でしたし、そのあとも子どもはつくらなかったんで、わたしには子どもがいないんです。だから、よけい、施設に子たちを迎えるのが楽しみです。四十人の養子ですね」

「じゃあ、ときどき訪問されるおつもりなんですね？」

「もちろんです。たびたび行きますよ。あっ、それです。それで思い出しました。さっきお願いしようとしてたこと。めずらしく、息子の話なんかしちゃって。すいません。じつは親方にお願いがあるんです」

「なんですか」

「茶室を設計してくださいませんか、施設の端《はし》に。敷地は広いんで、ごく小さい離れ家《や》なら、建てられると思うんです。充分。四メートル四方、いや、三メートル四方でもいい。どうでしょう。お願いします」

「茶道のための茶室ですよね？」

「はい。でも、そんな本格的じゃなくていいんです。日本の本格的な数寄屋《すきや》となりますと、本場日本にすら、なかなか建てられるもんじゃないでしょうし」

「ブルーノ・タウトが、京都の桂離宮を『永遠なるもの』と絶賛してますね。パルテノンより著《いちじる》しく、永遠の美を表象している、と。わたしも一度見てみたいです。そこには数寄屋もあるでしょう」

「ですね。日本の洒脱で美しい建築には、僕も憧れます。けれどね、自分もそんなのを建てたいなんて思ってないですよ。そんな大それた。しかも、養護施設の離れに、ですよ」

「そりゃまあ、そうですね。本格の数奇屋を建てようと思ったら、日本から高価な杉の木を買って、特殊な大工さんを連れてこないとだめですからねえ」

二人は明るく目を見合わせ、うなずき合って、ちょっと笑った。

「全くです。そんな高望み、とんでもない。数奇屋もどきで、ぜんぜんいいです。ときどき僕がそこで茶を点《た》てたり、本を読んだりできればいいだけです。『亭主』になって客を招こうとも思ってないし。それに、入所してる子が希望すれば、おとなしく使ってくれると言うなら、時間を切って貸したげる。喜んで。要は、日本風の小綺麗な小屋を立てたいだけなんです。僕のちっちゃな道楽です」

「なるほど。わかりました。そういうことなら、やってみます。数寄屋の設計図は、実例をダウンロードできるでしょう。それらを参考に考えます」

「ありがとうございます！　うれしいなあ。ぜひ、お願いします。木材も、こだわりないですから。イベリア半島から取れる木で充分です。極東《きょくとう》から輸入しないといけないのは、たぶん、畳《たたみ》だけでしょう」

「はい、たぶん」

「言うまでもないんですけど、設計料は、施設とは別に、別途お支払いいたします」

「ありがとうございます。これ、個人的にも面白そうです。けっこう、やる気ありますよ」

「わあ、うれしいなあ。こうなったら先生は、いや、親方は、特別にお招きしないといけませんねえ、その茶室に」

「抹茶、ですね？　じゃあ一服、いただきに行きますか」

「ぜひ！　これは愉しみだ。施設の竣工に勝るとも劣らず。ご縁に感謝します。万事、よろしくお願いいたします」

「こちらこそ、よろしくお願いいたします、理事長」

「『フラン』って呼んでください。『パコ』じゃなく。こどもの頃から、フランです。お近づきになれて、うれしいです、親方」

6

慈善志向という、自分の今後のヴィジョンにかない、児童養護施設を設計できるというだけで、充分うれしかったのだが、そのうえ施主が、会って話してみると、稀な好漢だった。好漢であるばかりか、胸に彼は耐えがたい悲傷《ひしょう》を秘め、その悲痛から、煩悶のすえ、紡《つむ》ぎだした篤志を、体現して生きている。

ことのほか有意義な案件と巡り合えたことのみならず、この人物と出合えたことにも、マダレーナ・マリアは感激していた。神に感謝した。

フランシスコ・モンテイロ。

この人のためにも、最高の仕事をしたい。ポルトガル一の施設を設計しよう。そしてフランに、とびっきりチャーミングな「茶室もどき」を作ってさし上げよう。

意気に感じる、と、人は言う。まさにマダレーナは、フランの意気に感じていた。建築士としてだけでなく、悲愛と人徳を慕う、一人の人間として、彼女の身のうちは奮《ふる》い起《た》った。

この案件は最速で見込むと、基本設計に二ヵ月、実施設計にも二ヵ月といったところだ。

すこし余裕を見て、つごう五ヵ月で完成したい。

昨冬、コンペへの応募を決めた直後には、「入所する子どもたちに、来年のクリスマスを、木のおうちで祝わせてあげたい」と夢想した。けれど、こうして実際、具体的にスケジューリングしていくと、この夢想が実現するのは難しそうに思われる。

工事が首尾よく三ヵ月余りで完了したとしても、落成はクリスマスのあと、おそらく、一月の上旬になるだろう。子どもの入居は、まだそのあとだ。

しかし、それでも構わない。春には復活祭があるし、降誕祭もまた、かならず巡ってくる。いや、祝祭日などに関係なく、イエスもマリアも毎日夜《にちや》、寄る辺《べ》のない子どもたちを慈しみ、護《まも》ってくださるのだ。

母親の愛を身近に受けられない彼らに、聖母マリアのあたたかい慈悲が降りそそぐよう、マリアの御名《みな》の下《もと》に、図面を引こう。わたしの祈りの全てを、この設計にささげたい。

そう誓ってマダレーナ・マリアは秘かに、胸の前で十字を切った。

7

十ヵ月後の二月初旬、児童養護施設『鳩とカラス』が竣工した。

木造の家が五棟。二階建てが四棟と、平屋建てが一棟だ。木のインテグレーションが、設計者の意図したとおりに、現前してくれた。

フランシスコ・モンテイロ理事長が手配した建設会社は、木造建築に優れた下請け工務店を抱えていて、そこが卓抜の仕事を施《ほどこ》してくれた。その現場にマダレーナは、エンリケと二人でだいぶ通《かよ》ったが、大工さんも全員、快活で仕事熱心な人たちだった。

設計の段階ではもとより、現場監理の段階でも、「建築士冥利だなあ」と感じる場面が多かった。やはり、類は友を呼ぶのだろうか。あの施主にしてこの施工者あり、とマダレーナには思われた。

フランの粋な道楽小屋も、敷地のすみに作られた。ほんものの数寄屋には程遠いけれど、それでも、畳敷きに床の間ありで充分、茶室の体《てい》は成している。

『鳩とカラス』の名は、理事長が付けた。視覚に還元すれば、白と黒のイメージになる。白い鳩は、言わずと知れた、平和のしるしだ。黒いカラスは、古代、ローマ人に迫害された、キリスト教の殉教者、聖ヴィセンテの遺体がリスボンまで帆船で運ばれるのを、二羽のカラスが導いた、という伝説に由来する。カラスは、ともすれば不吉を象徴する鳥だけれど、この伝説があるため、リスボンでは概して吉兆とされるのだ。

さっそく三月から、二十一人の子どもたちが入所したらしい。フランがメールで知らせてくれた。定員は四十名なので、約半分が埋まったことになる。

「よろしかったら五月あたり、わが茶室にお招きしたいと思うのですが、いかがでしょうか」とも書いている。「日本の着物を着なくてよいなら、よろこんでお邪魔します」とマダレーナは返信した。

四月が始まると同時に、とある中規模カフェの内装設計に取りかかった。この案件は一応、エンリケに任せてみることにした。彼が事務所に来て、もう五年半になる。建築士としての進境も高い。いまや、本気で独立に向かうべき時だ、と思うのだ。

『鳩とカラス』設計への多大な貢献によって、ふさやかなボーナスを供与され、なおかつ、新たな一件を任せてもらえたエンリケ・コルテスは、果たして、感奮したようだった。四月二十日生まれの彼は、まもなく三十一歳になる。

ダ・コスタ所長にとって、この上もない春だった。

十六年前なんとか事務所を開いて以来、いや、二十七年前、シスター・ペレイラの慈愛と薫陶だけを支えに、悲壮な思いで建築士となって以来、最良の時だ。

仕事しかしない人生を来たが、仕事をして、本当によかった。五十歳で、本当の春を迎えることができた。

もしかしたら神は、地獄に堕ちた女も、お見捨てにはならないのだろうか。

そんな深遠な救済の理《ことわり》は知るよしもないけれど、ただ、春が自分をもおとなってくれたことをマダレーナ・マリアは、目を閉じ、こうべを垂れて受け止めた。

そよ風に揺れるジャカランダの葉のごとく麗《うら》らかなこの客には、いつまでも逗留《とうりゅう》していてほしい、と願わずにはいられなかった。

8

願いは叶わなかった。

麗らかな過客《かかく》は、三週間で旅立った。

四月下旬の、ある朝、エンリケから「大変です」と電話があって、マダレーナはインターネットの速報を見た。

フランの茶室が焼けたのだ。

未明に全焼したという。ニュース動画の中、あの『鳩とカラス』の離れの所で、朱《あけ》の焱《ほのお》が逆巻《さか》いている。

さいわい、火事は茶室だけで食い止められ、施設の五棟と入居者たちは、全くの無傷だそうだ。本当に、ありがたい。

しかし、詳報を読み進んで、マダレーナは戦慄した。

失火ではない、というのだ。先月から『鳩とカラス』に入所していた十六歳の少年が、茶室にガソリン、灯油等、引火性の高い油を持ち込み、焼身自殺をした模様、と。

全身が震えた。こきざみにではない。ガクン、ガクンと、波打つように震撼した。

なにが？　どうして？　なにが？

なにが来たのか。なにが下《くだ》ったのか。

わからなかった。自分への罰か。それとも、フランシスコへの、マダレーナには推《お》しはかるすべのない、なにかの罰なのか。

この惨事が指し示す、究極の因果は、知り得ない。それは人知を超えている。けれど、マダレーナ・マリアには、一少年の肉体を介して、怖るべきなにかが下されたのだと思えてならなかった。

本来なら、世にも凄惨な自死を選ばざるを得なかった少年は気の毒に思うべきなのだろうが、彼女は、彼に恐怖しか感じなかった。設計者の自分か、あるいは茶室の主《あるじ》に対して、天からなんらかの罰を下しに来た、怖ろしい使いとしか思えなかったのだ。

マダレーナが気の毒に思ったのは、フランだった。彼の心痛を思うと、いたたまれなかった。

精神を整えてくれる、ささやかな聖域だった離れ家と、慈しむために保護していた少年が、同時に、むごたらしくも、地獄の業火に焼き尽くされてしまったのだ。

無惨な焼け跡を目《ま》の当たりにして、彼はなにを思っただろう。体のどこに、どんな痛みを感じただろう。

息子の死から、能《あた》う限りの力で立ち上がり、懸命の祈りと精神修養によって、一種悟《さと》りの域に達した人でも、その生身《なまみ》にやどる心の繊細さは、死ぬまで変わらないはずだ。

どんなに痛いだろう。いまごろ、どんなに苦しみ、悲しんでいるか。

マダレーナは、まだ震えている手でスマートフォンをつかみ、フランシスコを呼び出した。

呼び出し音が三回鳴ったあと、彼が「はい」と、力なく応じた。

「……ニュース、見ました。なんて言っていいか……大丈夫ですか」

「あ。ありがとうございます。まったく、ひどいことで。なんとも……まいってます」

「ああ……」

「でも、大丈夫。大丈夫です。なんとかします。なんとかしないと」

「うん。でも、無理しないでくださいね。時間かけて、ゆっくり、ね？」

「うん。ありがとう。親方」

「なにか、わたしにできることあったら、すぐ言ってください。なんでもいいですから。遠慮しないで。ね？」

「わかった。ありがとう、電話くれて。助かった。親方の声で、勇気もらえました。がんばります。じゃあ、またすぐ連絡します」

「待ってます」

体の震えは、いつの間にか鎮《しず》まっていたけれど、マダレーナは、電話を机の上に置いたあとは、そのまま動けなかった。

まったく初めての体験だ。似た体験すら、したことがない。

建築士としての、四半世紀を超えるキャリアの中で、自分が手がけたり、関わったりした建築物が、災害や事件に巻き込まれて大きく損傷したケースは、彼女が知る限り、一件もない。

これが初めてだ。しかも、その建物の中で人が火を放って、みずから焼け死んだのだ。これほど陰惨な凶事があるだろうか。

未曽《みぞう》有の災厄に襲われた。自分が、専門家の良心と施主への親愛を込めて建築した屋舎《おくしゃ》が、けさ、焦熱《しょうねつ》地獄と化して壊滅した。

ダ・コスタは、ただ茫然と、一時間近くも、じっとしていた。

9

三日後、フランシスコ・モンテイロ理事長から、パソコンにメールが届いた。公私こもごもの文面が篤《あつ》い。

マダレーナ・マリア・ダ・コスタ　親方

お見舞いのお電話、ありがとうございました。あの一本のおかげで、ショックのどん底でも、前向きな気持ちになれました。助けていただき、感謝申し上げます。

せっかく、あんな素敵な茶室を作っていただいたのに、こんなことになってしまって、お詫びの言葉もありません。親方と大工さん、左官さんの並み外れた技術と特別な苦心、工夫の賜物でした。それを思うと、痛恨です。やりきれません。

あの子どもは、痛ましい亡くなり方をしました。彼を悼《いた》みます。別の施設から移って来ていた子です。精神疾患の所見は全く承《うけたまわ》っていませんし、粗暴性も見られませんでしたが、内向的で、自分の中に閉じこもりがちな少年ではあったようです。生きていた十六年余りの間、彼がどんな辛酸を嘗《な》め、どんなに苦しい暗闇の中で、あんな惨《むご》い自殺を遂げねばならなかったかは、想像を絶します。遺書もありませんでした。

この悲惨な事件に直面し、私は己《おのれ》自身を省《かえり》みました。なぜ、こんな最悪の不幸が、よりによって自分の愛する人と場所に降りかかってしまったのか、己の何が悪かったのか、考えました。

息子の死をきっかけに、曲がりなりにも修身や献身に励んできたつもりでしたが、まだまだ足りなかったのだと思います。慈善の精神で施設を建てたはいいけれど、その離れに自分個人の道楽を持ち込むなんて、不遜不届きな了見でした。そういう勝手な行《おこな》いこそが不徳の致すところなのだ、と結論せざるを得ません。

神罰を受けたと思っています。畏《おそ》れ、己を改めたい。複数の面で実努力をし、改善を実行してゆく決意です。

その一つとして早速、親方にお願いがあります。礼拝堂を建てていただけませんか。あの場所に、改めて。

亡くなった少年を哀悼し、施設のほかの子たちの安寧を祈る場所、ひいては、生きている諸人《もろびと》の安心と、亡くなった諸人《もろびと》の鎮魂を祈る場所を設計していただきたいのです。

あの焼け跡に新しく建つべきは、茶室でも禅房《ぜんぼう》でもなく、私たちのマリアとイエスの聖堂です。間違いありません。

私自身、いま一度、聖母と神の子の御堂《みどう》に還り、跪《ひざまず》き、さらなる祈りを捧げてまいりたく存じます。

礼拝堂は、施設の家との調和を考えまして、やはり木造が良いとは思っていますが、デザインは全て親方にお任せします。お好きに造形してください。建築面積があの通りですので必然、小さな小さな礼拝堂、いや、「礼拝小屋」になりますね。

いかがでしょうか。ぜひとも、良いお返事を賜りたく存じます。どうか、お助けください。お願い申し上げます。

理事長　フラン・モンテイロ

敬虔と至誠が満ちあふれた行間に、マダレーナ・マリアは感応《かんのう》した。と同時に、胸が痛んだ。

神罰を受けたと思っています——彼は言う。

それは違う。と、彼女は思う。神罰を受けたのは、フランではない。わたしだ。

少年と茶室を焼き払った銀朱《ぎんしゅ》の猛火は、マダレーナ・マリアの業《ごう》の火だ。少年を殺したのは彼女なのだ。

ダ・コスタは、清明な室《しつ》を設計することにより、かえって一層、少年を彼女の地獄に引き寄せた。そして畢竟、愛すべきフランシスコの、至善の心をも苛《さいな》んだ。

マダレーナには、もはや、そうとしか思えなかった。

禊《みそ》ぎをしよう。神のお赦《ゆる》しを賜ろう。そうして初めて、フランの願いに応えよう。

穢《けが》れの身で、聖堂の図面など引いてはならない。

禊ぎをしよう。

神の前に懺悔《ざんげ》し、神のお赦しによって清浄となった身をもって初めて、礼拝堂を設計しよう。そしてそれを、フランシスコに、天上のマリアとイエスに、捧げたい。

秋《とき》が来た。

マドリッドへ行かねばならない。

10

空路でスペインの首都に入った。じつに、三十年半ぶりだ。

シスター・ペレイラは、ほどなく七十歳を迎えるけれど、昔となにも変わらない。

あれから一度も会ってはいないが、サンタ・セシーリア教会に送金を続けているのもあって、私信は手紙かメールでやり取りしている。三十年積み重ねた「文通」だ。

その文面やメールの添付画像から、この稀なる人物が、相変わらず慈愛に満ち、日日、奉仕の現場で献身的に働きつづけているのが、ありありとわかる。

ライラ・ペレイラが男性で、かつ神父なら、迷わず、聴聞を頼む。まちがいない。この人こそ、マダレーナの懺悔を聴くに最もふさわしい教会関係者なのだ。

しかし、彼女は神父ではない。告解室で信者の告白を聴くのは、神父に限られている。

では、サンタ・セシーリア教会の司祭、つまりシスター・ペレイラの同志に聴いてもらったら、どうか。

それもマダレーナは考えた。「いやだ」というわけではない。

聴聞者は原理的に、神と信者の間《あいだ》に立つ媒介であり、言うなれば、無色透明だ。神父なら結局、だれでも同じなのだ。

ただ、そうだからこそ、彼女には決め手があった。神父を選ぶ必要はないのだから、教会を選びたかった。しかも、ごく恣意的に。

たまたま、この街に好きな教会がある。入ったことのない、名も知らない教会だけれど、いまも心に残っている。こころの奥底の、夢か暗渠《あんきょ》に似た、昏《くら》いところにつつましく佇んでいる。

その昔、十ヵ月の「務め」を終えて、シスター・ペレイラのもとを去るとき、一日だけマドリッド市内を散歩した。リスボンの母の家に帰る直前の日だ。

西にあるカサ・デ・カンポを一人で歩いた。スペイン最大の公園で、園内には動物園と遊園地もある。

マダレーナは遊園地には行かず、もっぱら、動物たちの虚心を眺め、植物たちの匂いを深く、固く体に吸い込んだ。

こころは、何ヵ月も前からすでに鎮まっていて、その日も静かだった。シスターの庇護と篤い導きによって、二十歳のマリアの心体は、すでにおおかた直っていた。

金色《こんじき》の朝日にきらめく光凪《ひかりなぎ》、とまで言ってしまえば、過言だろう。けれど、それに近い兆しは、あった。

マリアは朝凪《あさなぎ》を迎えていた。そして、凪《な》いで止まった水面《みなも》の下には、しずかな熱がきたしていた。

シスター・ペレイラが分け与えてくれた体熱だ。いや、熱源と言ったほうがよい。

彼女は、まるで身分《みわ》けでもするかのように、光熱の源《みなもと》をマリアの底に分け入れてくれた。

日の光は、上から水面に射《さ》し下ろすけれど、修道女ライラ・ペレイラの光は、水底《みなそこ》から面《おもて》へと射し上げる。

射し上げる光は、射し下ろす光より、深く人を癒やし、励ますのではないだろうか。

そんなしずかな熱を下に孕《はら》んで凪いだこころをもって、マリアは、その午後、カサ・デ・カンポの緑園《りょくえん》を出た。

すると、二分も歩かないうちに、教会が見えた。小路《こうじ》に沿って立つ、街なかの小さな会堂だ。

壁は灰色だが、建物がロマネスク調のせいか、地味なのに、妙な明るさがあった。古拙の野趣《やしゅ》をただよわせ、枯淡でいてなお、そぼくなメルヘンをも感じさせた。

なぜかひと目で惹かれたけれども、マダレーナは、朝凪を迎えたばかりの身で、サンタ・セシーリア以外の教会の扉を開ける気には、まだ、なれなかった。

質素なファサードの前で一瞬立ち止まったけれど、すぐまた小路を、ゆっくり歩き出した。後ろ髪を引かれて、二度ふり返りながらも。

それから、三十年と半年が過ぎた。

しかし、それほど長い星霜《せいそう》を閲《けみ》しても依然、この古ぼけた、ささやかな聖堂は、彼女のこころの眼の、昏い奥に、懐かしい残像を潜《ひそ》めていた。

あれだ。行くなら、あそこしかない。あんな、詩のような小堂こそが、地獄を自白するには最適なのだ。

メルヘンめいた教会も、地獄の凶行も、どちらも現実とは思えない。詩なのだ。最良の極と最悪の極。対極にある二つの詩だ。

詩は詩で洗うべきだろう。

教会は、むろん、リスボンにもあり余るほどある。なのに、あえてマドリッドまで飛んできたのは、そういうわけだ。

マダレーナ・マリアは告解を、自宅から遠くで受けたいのではなく、シスター・ペレイラの近くで受けたいのでもない。

ただただ、あの、なにゆえか記憶の底に残る、ちっぽけな教会堂の懐《ふところ》に抱《だ》かれ、おのれの罪業《ざいごう》を吐き出したかったのだ。

11

やはり、あった。

灰色の石壁。高くない鐘楼の尖塔。いや、「尖塔」とは言えない。黒い三角帽だ。しかも、鈍角の。

おそらく数百年もここに建っているのだから、三十年半など、この教会にとっては、なにほどのこともない。

あの日見たままのファサードが、そこにあった。

マダレーナは、自分が二十歳の青年から五十歳の中年になっているのを忘れ去った。つい昨日もここに来たような気が、本当にするのだ。

焦げ茶色の木の扉は、押すと存外、重厚だった。

中は、これも意外なくらい、奥行きがあり、バジリカ式になっていた。ただ、華美な装飾からは、ほど遠い。

内陣の主祭壇には、聖母子像の大きな絵が飾られている。

ピエタではなく、いかにも健康な嬰児《みどりご》イエスを胸に抱くマリアだった。ざくろ色の長衣《ながぎぬ》に、空色のケープを羽織り、満ち足りた母の表情を湛えている。

かたや、外陣の側廊には、ピエタの彫像があった。

この聖母は黒衣だ。濡れ羽色の長衣に重ねて、同じ色の長いケープを纏っている。黒一色だ。

かろうじて、ケープの周縁をなぞるように金糸《きんし》の縫い取りが施されてはいるけれど、これがかえって禍禍《まがまが》しさを増幅していた。黒に金縁《きんぶち》というのが、棺桶を思い起こさせるのだ。

黒ずくめのマリアは左手に、これもまた真っ黒な十字架を持っていて、そこに小さな裸のイエスが載せられている。小さな、と言っても、彫像がミニチュアのごとく小さいだけで、象《かたど》られているのは、三十何歳かで磔《はりつけ》にされた青年の遺体だ。

黒装束の処女は、殉教した息子のなきがらを、じっと見つめていた。表情は、ない。瞳の黒い、大きな眼をひらいて、悲しみは一抹も浮かべずに、ただ見つめているのだ。

その虚ろな、起伏のない熟視は、息絶えたイエスの向こうに、永遠を視《み》ているかのようでもあった。

やはり教会は、冷える。三十余年のブランクを経ても、この独特の冷えは、マダレーナの身になじみ深い。

匂いは、ない。幼時から二十歳までの間《あいだ》にも彼女は、ミサで香を焚いているのでなければ、教会堂の空気に匂いを感じたことはなかった。

いまも、そうだ。眼にのみならず鼻腔にも透明な冷気が、マダレーナの肌に沁みこんでくる。

教会に来た。かえってきた。と、感じ入った。

フランシスコのオフィスを訪ねたときに新調した、黒のワンピースを着てきている。薄めの生地で七分袖のため、堂内に居ると寒くなるかもしれない、とは思った。けれど、告解室で告白をしているうちに気が昂ぶって、むしろ暑く感じてくるのではないか、と思い直して、この一枚を選んできたのだ。

隣りとはいえ、よその国の、名も知らない、ごく小さな教会の運営スケジュールを把握するべくインターネット検索に時間を費やすよりは、とりあえず現地に行ってみるべし、と考えた。まず飛び込みで行って、あいにくその場で告解を受けられなかったら、いわゆるアポを取らせてもらって、マドリッドの宿で待機すればよいだけのことだ、と。

午後の、シエスタの時間帯には閉めている教会が多いので、夕方五時過ぎに来てみたのだが、運よく、ミサやなにかが始まりそうな気配も、ない。

向かいの側廊のほうに視線を移すと、かたすみに告解室が一つ、見えた。

カトリック教会に典型的な、焦げ茶色のブースだ。本当に焼け焦げたかのような、黒に近い茶色の木の箱。容積は、電話ボックス三箱分、といったところか。

マダレーナは躊躇なく、しかし、ゆったりとした足取りで、その狭隘《きょうあい》な密室に近づいていった。

あんなちっぽけな木箱の中で、果たして、こんな途方もない罪業を懺悔してよいものだろうか。

近づきながら、彼女は思った。

単なる媒介とはいえ、神父も、感情を持つ人間だ。それに、たとえ長年、毎日、信者の告白を聴いていたとしても、これほどの罪を持ち込んだ者が、かつて一人でも、いただろうか。

彼の心臓は、わたしの衝撃に耐えられるのか。そもそも、彼は何歳だ。不整脈等を抱えた老人でないことを祈る。

おぼえず心の内で独白しながら、一歩一歩と進んでいった。

箱のドアまであと三メートル、という時点で、そのドアが開き、中から若い女性が出てきた。白シャツにデニムで、大学生のように見える。長い艶《つや》やかな黒髪が、それだけで充分な罪のごとく、はらりと揺れた。

彼女はマダレーナと目が合い、二人は同時に、口の端をちょっと上げて、ほほ笑みを交わした。先客は去った。

絶好のチャンスだ。いま、そこに、神父が居る。告解の司祭が。

マダレーナ・マリアは、天の佑《たす》けを感じ、黒髪の娘にも感謝した。あの子は天使だ。こうして、瞬く間に、わたしを神父に引き合わせてくれた。ありがとう。

告解室の前に立ち、胸のところで両手を組んで俯《うつむ》き、あの子と、神父と、イエスとマリアに、感謝を捧げた。

息を深く吸って、ゆっくり吐いたあと、軽い木のドアを開けて、中に入った。

跪き台に両膝《ひざ》をのせて、「お願いします」と言った。

高校時代、リスボンの地元の教会で、何度か告白をしたときの要領だ。唯一の違いは、今回スペイン語を用いた点だった。

さいわい、すぐに、小さな格子窓の向こうから、やわらかい声が聞こえてきた。

「回心を呼びかけておられる神の声に、心を開いてください」

深い響きはあるけれど、声質に老いは少しも感じられなかった。この声の主《ぬし》なら、心臓発作の心配はないだろう。

こんな軽い前振りを勝手に思い浮かべるくらい、マダレーナの心は落ち着いていた。

「神父、わたしはポルトガル人です。スペイン語もなんとか話せますけれど、英語のほうが、すこしだけうまく話せます。もしよろしかったら、英語でお話しさせていただけませんでしょうか」

おこがましいとは思ったけれど、英語に堪能な司祭は少なくないと知っていたので、思いきって尋ねてみた。

「それなら、ポルトガル語でお話しください。わたしはポルトガル語も使えますので」

やさしい呼びかけだった。流麗なポルトガル語だ。

喩えて言えば、神の代弁らしく上から降ってくるような声ではなく、下からそっと抱《かか》えてくれるような声だった。この声音《こわね》に包まれ、温められて、信者たちは、やすらかに罪を語り出してしまうのではないだろうか。

隣国の女は感激し、つい甘えてしまって、お願いを重ねた。

「あっ、ありがとうございます。では、お言葉に甘えて、母国語で告白させていただきます。あと、かなり長い話になってしまうのですが……身の上話みたいな。大丈夫でしょうか」

「大丈夫です。きょうのお勤めは実質、終わりましたから。夜中まででも、あなたのお話をお聴きできます」

「ありがとうございます、神父。ありがとうございます」

「はい。では、始めましょうか。神の慈しみに信頼して、あなたの罪を告白してください」

【マダレーナ・マリアの告白】

わたしは、人を殺して、それを悔いていないことを、告白します。

モーセの第六戒は、「汝《なんじ》、殺すなかれ」です。神のもと、殺人が原則として罪であることは承知しています。異論もありません。

ただ、それはあくまで原則に過ぎず、例外はある。と、わたし個人は思っています。いえ、それどころか、確信しているのです。「確信犯」という言葉がありますが、わたしほど正しくこの語に該当する者も少ないでしょう。

「人を殺しておいて、それを罪とは思っていない」という、わたしの『罪』をお許しください。

まるでソクラテスの「無知の『知』」のようなメタ言語を用いてしまいましたが、けっして理屈をこねているのではありません。本心をそのまま申しただけです。

「人」というよりは、「人でなし」を殺しました。その……男……いえ、「男」とすら呼びたくないので、神聖な場で恐縮ですけれど、あえて、その人でなしを「それ」と呼ばせていただきます。

「それ」は、わたしをレイプしました。わたしは、母の男に強姦され、怒りと憎しみのあまり、「それ」を刺殺しました。

そして今まで、悔いたことがありません。一瞬たりとも、ないのです。この際ですから、洗いざらい正直に打ち明けます。わたしは、その殺人を一度も悔いていないどころか、もしかしたら、一種の暗い達成感さえ、意識下に持《じ》しているかもしれません。

意識下は意識できないため、明確には知るよしもないわけですが、かたや、はっきりわかっていることが一つあります。わたしは、ずっと、「それ」を殺してよかったと思っているし、できることなら、まだ何度でも惨殺したい、ということです。あんな人でなしは、何度殺しても、足りません。

このようにわたしは、神が聖人モーセに授けられた「汝、殺すなかれ」の戒《いまし》めを躊躇なく破り、その行為をみずから是認こそすれ、罪として後悔したことは一度もないのです。

わたしのケースは例外だからです。第六戒の原則は、わたしのあの場合には、当てはまりません。強姦魔は誅殺《ちゅうさつ》されて当然であり、ゆえに、「それ」を殺しても罪ではない。わたしは死刑を私刑の形で執行したまでなのだ。と、思っています。確実に。

不遜です。もう一人の自分が、そう言っています。

殺人という破戒を冒しながら、それを「罪ではない。逆に、正当な処刑だ」と確信しているのですから。

この不遜さによって、わたしは神罰を受けました。仰ぎ見たいほど敬愛する、フランシスコという名の慈善家に不幸をもたらしてしまったのです。

わたしは建築士なのですが、昨年、彼の依頼を受けて児童養護施設を設計しました。ところが先日、その真新しい施設の一部で、入所少年の焼身自殺が起きてしまいました。これほど無惨で痛ましい災いがあるでしょうか。

およそ三十一年前、レイプされ、壊れてしまったわたしは、この街の、ある教会と修道女の慈善に救われました。その体験の影響があまりにも深く、建築士としてのわたしの最終目標は、おのずと、慈善関係のほうに傾きました。

その一つが、フランシスコの養護施設だったのです。長年この職業に携わり、いよいよ終極の目的を実現していく段階に入った途端、自分の手がけた建築物が、むごたらしい災厄に見舞われたのです。

わたしのせいだと思っています。わたしの不遜さに下った罰が、その少年やフランシスコにも及んでしまったのです。彼らに対して、本当に申し訳ない気持ちです。

このままでは、わたしは周囲に不幸を呼ぶ人間です。

じつは、フランシスコから、この事件による焼け跡に小さな礼拝堂を建ててほしい、と依頼されました。しかし不幸を呼ぶ、不吉な人間が、しかもよりによって、神聖なチャペルを設計するなんて、あってよいことではないでしょう。

わたしは、このままでいるわけにはいきません。

それで今回、「ゆるしの秘跡《ひせき》」を受けたく思い、リスボンから参りました。

なぜ、自宅から遠く離れた、この教会に参《さん》じたかは、「なんとはなしに心惹かれたから」としか言いようがありません。

不意に飛び込んできただけの者を、あたたかく受け入れてくださって、ほんとうにありがとうございます。神父のご寛容に甘えて、事情を話させていただきたいと思います。

その前にちょっと、秘跡をお待ちのかたがいらっしゃらないか、見てみます。ドアの外をちょっと。失礼いたします。

いらっしゃらないようです。

では、すこし長くなるとは思いますが、わたしの事件とその後について、率直に明かさせていただきます。

わたしが「それ」を殺したことを知っているのは、母だけです。その母も、二十二年近く前に病死しました。五十四歳でした。

以後はずっと、わたし自身が、この殺人を知っている、唯一の存命者だったのですけれど、きょうからは神父が加わって、分かち持ってくださるのですね。

ありがたい。ありがたく存じます。


父はわたしが四歳になる年の春に死んだ、と聞いています。わたしは九月生まれですから、厳密には、満三歳で父を亡くしたことになります。残念ながら、父の姿は、わたしの記憶の裡《うち》には見当たりません。

なかなか腕のいい大工だったらしいのですが、路面電車に轢《ひ》かれて、あっけなく逝ってしまったそうです。

わたしが覚えているのは最初から、「母ひとり子ひとり」の生活です。兄弟姉妹はいません。

母は歯科衛生士だったので、社会福祉に頼ることなく、生計を立てていました。つつましい庶民の暮らしでしたが、少なくとも娘のわたしは、衣食住に不自由を感じたことはありません。きちんと養ってくれた母には、いまも感謝しています。

十二歳までは、リスボンの、グラッサという高台に住んでいました。高台といっても、きどった高級住宅地ではなく、さまざまな属性の人々が暮らす、活気のある地区です。その一画《いっかく》に、昔から大工さんとその家族が寄り集まって住まうアパートが何棟かあり、母とわたしは、そこに住んでいました。父が死んだあとも、引っ越さずに住みつづけていたわけです。

近所に、やはり大工さんの子どもで、同い年の友だちがいました。フェルナンドという名の男の子で、わたしはその子が大好きでした。たぶん、彼もわたしを好きだったと思います。ポルトガルの少年のご多分にもれず、フェルナンドも、広場で仲間とサッカーばかりやっていましたが、それが終わるといつも、小一時間ほどわたしと二人で遊びました。よく、鉛筆で絵を描きました。

いま振り返れば、彼はわたしより少しだけ背が高くて、顔もかわいいし、無口だけれどやさしいし、サッカーも絵も、とても上手で……と、女の子に好かれる要素は複数もっていたと思います。

けれど、わたしが彼を好きだったのは、そんな「評価」をしたからではありません。ただ、ただ、気が合ったからです。ただただ、グラッサの丘をわたる風を二人で見つめて、わけもなく、ほほ笑み合えたからです。

「私が、彼を、愛する」というような、分別をともなう好き方ではありません。「なぜか、なじんでいる」という、未分化の状態です。主語も目的語もなく、ただ述語あるのみ、とでも申しましょうか。その述語も、もちろん、動作動詞でなく、状態動詞です。

なじんでいました。

かりに、十歳や十一歳でも男女とみなせるのなら、わたしには一生に一人だけ、なじんだ男性がいる、ということになります。ただ一人の男性です。

無垢のしあわせを生きられたのは、グラッサでフェルナンドと居たときまでです。

十二歳の秋、彼は家族とフランスへ移住しました。そして間もなく、わたしは「それ」と出遭わなければなりませんでした。

奇しくも、フェルナンドと別れてすぐ、「それ」と出遭ってしまったのです。さびしい別れのあと、おぞましい出遭いに見舞われました。

仏教の用語に「愛別離苦《あいべつりく》」「怨憎会苦《おんぞうえく》」というのがある。と、いつか本で読みましたけれど、まさに、それらが、わたしの生《せい》の苦を言い当てています。

十二歳のとき、人生が百八十度、変わりました。無垢の時代が終わり、汚辱の時代が始まったのです。まるで、陳腐なおとぎ話です。天国から地獄へ、あざやかなまでに暗転しました。

当時三十七歳だった母が、どこで拾い合ったのか、「それ」と男女の関係になり、同棲を始めました。連れ子のわたしを含めて、三人で暮らしはじめたわけです。

グラッサは去りましたが、わたしたちが「それ」の居場所に転がり込んだのではなく、別の地区に新しくアパートを借りて、三人の生活を始めました。リスボンの北西部です。

母と「それ」は結婚していませんから、「それ」はわたしの義父ではありません。あくまで単なる、母の同居人です。

しかし、わたしもまた母の同居人だったことが、不幸の源《みなもと》でした。わたしのほうは、しかも、不随意の同居人です。自活する力を持たない、だれと暮らすかをみずから選べない、子どもというものが、どれほど惨めに儚《はかな》い生きものか。

「それ」は、最悪の同居人でした。あげくの果てにレイプまで犯したのですから、「極悪非道」「人非人」と言っても言い足りないのですけれど、そこに至るまでの七年間に関しても、「それ」は非常に質《たち》の悪い同居者でした。

いわゆる、身体的なDVとは言えないでしょう。母とわたしの体に直接手を上げる暴力ではなかったですから。しかし、精神的には……それはもう、酷《ひど》いものでした。言葉と態度による暴力です。しかも、七年間、常習でした。

具体例を挙げたら、切りがありません。要は、自分の機嫌が悪いとき、母とわたしに当たり散らしたのです。大声で怒鳴ったり、テーブルを思い切り叩いたり、憎悪を込めた怖ろしい目で睨《にら》みつけたり。わたしたちは、いつも縮み上がっていました。

「それ」が吐いた暴言がどんなものだったかは、いまでも如実に覚えていますが、言いたくありません。口にするだけで、また心が傷《いた》むからです。それに、ここは教会ですから、冒瀆《ぼうとく》にもなってしまいます。

怒《おこ》り出すきっかけは、いつも、些細なことです。夕飯のしたくが遅いとか、献立が気に入らないとか、エアコンがゆる過ぎて部屋が暑いとか。なんでもいいから言いがかりを付け、まず恫喝してわたしたちを震え上がらせ、そこから延々と罵倒を続けて、しまいに、わたしたちの人格を否定します。

その爆発は、残虐であるばかりか、極めてしつこくもありました。わたしたちは怯《おび》え固まって、ただ「はい」「すみません」「許してください」と言いながら、罵倒が終わるのを耐えて待つのですが、酷《ひど》いときは、それが一時間でも続きました。異常だと思います。

怒るたびに「それ」が、常套句みたいに浴びせてきた罵詈雑言のうち、ここでもかろうじて引用できるものが一つだけあります。「だから、女は下等動物なんだ」です。ほかの暴言は、内容のみならず単語自体も汚《きたな》すぎて、引用にすら堪えません。

「自分の機嫌が悪いとき」とは申しましたが、「それ」は、普段の八割がた、機嫌の悪い状態でした。たまに、二割がた、そうでないときがあっても、だからといって明るくもやさしくもありません。無表情で、人語《じんご》はひとことも発せず、捕食中の獣物《けだもの》のような下卑《げび》た音だけ口で大きく立てながら、夕食を食べる。捕食後はテレビの前に一人で陣取り、ベンフィカの試合を見て頻々《ひんぴん》、濁った大声を出す。そういう生態でした。

仕事は、塗装工です。腕の良し悪しに関しては、母からも「それ」自身からも聞いたことがありませんので、わたしは知りません。ただ、「それ」は親方でも一人親方でもなく、雇われ先もまた、転々としていたようです。

おそらく、ずっと、仕事や職場に不満の絶えない日々を送っていたのでしょう。そうでなければ、家であれほど非道かつ暴虐な八つ当たりを繰り返したりしないと思うのです。あの当たり散らしの残忍さと執拗さは、性格異常の域としか思えません。専門家なら、『人格障害』と呼ぶものでしょう。

「それ」は、母とわたしの両方に対して暴君であり、精神的虐待を日常化していたわけですが、俗に言う「こぶ付き」の「こぶ」であるわたしには、やはり、より悪辣に当たってきました。

なにをしても気に入らないのです。わたしの一挙手一投足が「それ」の癇《かん》に障るようでした。あるとき「食べるのが遅すぎる。上品ぶるな」と怒られたので、次から努めて速く食べるようにしたら、「なに急いで食ってんだ。飢えた乞食《こじき》か、おまえ」と罵《ののし》られました。

なにかに八つ当たりしたい気分のとき、わたしの動作をいちいちじっと観察して、なんとも多彩な難癖《なんくせ》を「発明」するのです。歩く姿勢すら貶されたことがあります。「なに背すじ伸ばして歩いてんだ。かっこつけるな。貴族のつもりか。ええ？　勘違いしてんじゃねえぞ、おまえ。偉そうに。庶民のくせして。庶民なら庶民らしく、背中丸めてセコセコ歩けや」と。

基本がこの調子です。七年間、続きました。

わたしは、いつ「それ」が理由もなく怒り出すかと、終始びくびく、おどおどしていました。「それ」と同室している限り、神経を張りつめていなければならず、一瞬たりとも、気が休まることはなかったのです。十二歳から十九歳まで。つらい少年期でした。

ただ、およばずながらも、対策は講じました。直接の抵抗は、怖ろしくてとてもできませんでしたけれど、予防策は、なんとか、ひそかに実行しました。

なるべく「それ」と顔を合わせないようにしたのです。アパートは２ＬＤＫで、わたしは個室をもらっていました。それが、唯一だけれど大きな救いになったのです。

露骨に「それ」を避けたら、「おまえ、俺を無視してるのか。偉そうに」とまた激高されるに決まっていますから、ほど合いを計りながら、なるたけ自然さを保って、無理のない範囲で回避しました。

さいわい、わたしは元来、部屋で勉強したり、本を読んだりするのが好きなタイプです。

独りの時間を好む、内向型なのです。勉強や読書に加えて、絵を描いたり、音楽を聴いたりするのも好きです。孤独を、積極的に、愛します。

このように、ただでさえ内向型だったところに、同居者と顔を合わせたくない、という切実な願いが重なって、わたしの個室生活は、質、量ともに充実していきました。中学、高校時代を通してわたしの、知や芸術を求める精神世界は、この個室で広がり、深まりました。

自分だけの部屋は、「それ」の理不尽な暴虐からわたしを守り、癒やしと安らぎを与えてくれただけでなく、余禄《よろく》と呼ぶには貴《とうと》すぎる世界にわたしを誘《いざな》い込んでくれたのです。『真・善・美』という永遠の世界に。

書物を通じて哲学や宗教や文学に沈潜するうち、人間には果てしない、底知れない可能性がある、と思えました。たしかに、「それ」のような外道《げどう》も現存するけれど、一方には、この上もなく高潔で慈悲深い人たちが現に、少なからず、居るのだ。人間界は、捨てたものではない。と思えたのです。

大学生になったら、アルバイトをして自活しよう。一日も早く、こんな家を出て、自由になろう。

建築学を基軸に、知と美の世界を追究しよう。すばらしい人たちに出合おう。

そこに人間の光を見たい。希望を見たい。そして、いつか自分も、だれかにささやかな光をさし出せる人間になりたい。

そう願って毎日、闇に耐えて暮らしました。

「いまは仮の姿だ。身に覚えのない、無実の罪で投獄されているけれど、晴れて解放される日は近い。時間の問題なのだ」と、自分に言い聞かせていたのです。

「でも、じゃあ、お母さんは、どうしてそんな悪質な男とくっついたの？　また、そんな男となぜ早々に別れなかったの？」と、神父も疑問にお思いでしょう。

もちろん、わたしも母に尋ねました。「あんなやつのどこがいいの？」「なんで別れないの？」「別れてよ」と。

けれど、いつも答えは同じでした。

「そうね。でも、あの人、かわいそうな人なのよ。孤児っていうのかな。両親の顔も知らなくて、兄弟や親戚も、いるかいないかすら知らないみたい。とっても寂しい人なの。だから、わたしたちにぶつけちゃうの。わたしたちにだけ甘えてるのよ」

男女間の相性や機微というものは、本人たちにしか、いえ、場合によっては本人たちにすら、因果がわからないものなのかもしれません。

しかし、わたしは唾棄します。なんの相性だか、機微だか知りませんけれど、男と暮らすために、自分の連れ子まで一緒に針の筵《むしろ》に寝起きさせ、あげくの果てに、連れ子を、当のその男から凌辱を受ける破目に陥らせるなんて。

歪《ゆが》んで腐ったマゾヒズムなのか、なんなのか、わたしには見当もつきません。が、なんにせよ、男と二人だけで勝手に、閉じた世界で耽っていただきたい。卑賤な嗜《し》被虐《ひぎゃく》を密室の外にまで持ち出すな！　と言いたいのです。

周囲に災厄をもたらしてまで、歪《いびつ》な男との歪《いびつ》な関係を続ける女を、わたしは心底嫌悪します。そして、実際その災厄の極み、地獄に堕とされた被害者として、わたしは彼女を怨みます。

事実、レイプに遭って以来わたしは、母を心の一隅では憎んでいる、と言わざるを得ません。

慈母《じぼ》としての彼女に感謝し、深く愛する一方、「それ」のような下劣極まりない男にかしずき、わたしの人生まで狂わせた、卑猥な女としての彼女を憎んでいるのです。

もっとも、当然のことながら、単独犯だった「それ」への憎悪が絶対であるのと比べれば、従犯ですらなかった母への憎しみは相対的で、救いの余地を残すものではありますけれど。

十一月になったばかりでした。

星星《ほしぼし》が異常なほど美しい夜だったのを覚えています。その絢爛《けんらん》な星空は、いまなお、この目に浮かびます。鮮やかに。三十一年半を経てなお、輝いています。

わたしは自室の窓を開けて、星を見ながら、ヘッドフォンで音楽を聴いていました。カール・マリア・フォン・ウェーバーの『オベロン』序曲です。その空の綺羅《きら》と清澄にぴったり合う楽曲を選んだのです。

九月で十九歳になり、G＊＊工科大学の新入生にもなっていました。そろそろアルバイトを見つけて、宿願の自立に向かって動き出そう、と思っていました。最悪の同居人からいよいよ解放されるのだ、と。

母は、零時ごろ帰宅する予定で、いませんでした。職場の飲み会です。

ウェーバーの美しい曲が終わって間もなく、ドアの向こうから「それ」の声が聞こえました。

「おい、飲もうぜ。つきあえよ」

それまで七年間、あらゆる責め苦を強いられてきていましたが、酒につきあえと言われたのは初めてでした。

断る余地は、ありません。そんなことをしようものなら、怒ってまた爆発するに決まっています。災難を避けるため、しかたなく居間に出て、食卓を挟《はさ》んで対座しました。何ヵ月後かにこの家を出るまでの、最初で最後の「汚《よご》れ奉公《ぼうこう》」だ。と、内心ひそかに割り切って、椅子に座りました。もちろん、「それ」の機嫌を損ねないよう、おだやかな表情を作って、です。

接客サービスだと思って、がんばろう。そう決めて、「お勤め」に臨みました。

「それ」はマイヤーズ・ラムを生《き》で飲んでいて、既に酔っているようでした。わたしはそんな強い酒は飲めないので、冷蔵庫からビールを出して、グラスに注ぎ、「それ」と乾杯して見せました。

「おまえも、もう大学生だ。酒ぐらいつきあえ。ダニエラの代わりだ」

これが前口上です。あとは、愚痴のオンステージでした。「ダニエラ」は母の名前です。

どうやら、またもや同僚と揉めて、勤め先を辞めたようです。わたしの知る範囲で、「それ」には、半年も続いた雇われ先はなかったと思います。しょっちゅう失業していました。

母のほうは衛生士としての技能を認められ、職場にも恵まれて、優れた歯科クリニック一《いっ》所《しょ》に長年勤務していました。おおかた、母が経済的にも「それ」の面倒を見ていたのです。

「それ」は母より五歳年下でしたから、当時三十九歳です。背の高さはわたしと変わらず、百七十センチくらいですけれど、体つきはかなり頑丈で、柔道選手ばりでした。

ラム酒はどんどん進み、それに連れて、繰り言も亢進《こうしん》していきました。わたしのほうは専ら、適時適切を心がけつつ頷いたり、相槌を打ったりしていました。

そのうち、愚痴が悪態へと激化しました。また、攻撃の的《まと》が、職場の同僚から母、ダニエラに移ったのです。

こっちは仕事で酷い目に遭っているというのに、向こうはクリニックの飲み会なんかに行って、ずいぶん優雅にお楽しみだ。さぞかしお高いワインをきこしめしているのだろう。セレブ歯医者のおごりで。

あの女は、ちょっと仕事ができると思って、気取っている。学もないのに、賢いつもりなのだ。女のくせに偉そうに。なにが歯科衛生士だ。しょせん、歯医者の付き人ではないか。安月給の雑用係が。くやしかったら、大学に行って歯医者様になってみろ。

こういう内容の悪口《あっこう》を、とても聞くに堪えない、下品な言葉づかいで吐き出すのです。まったく、聞くに堪えず、ゆえに、逐語引用にも堪えません。引きつづき、なんとか「翻訳」をしてお話しします。

しかし、あの女は薄給のくせに、なぜか毎月、金を回して帳尻は合わせている。ひょっとしたら、ボスと関係を持って、たんまり小遣いをもらっているのではないか？　四十四とはいえ、まだ使える容色だから、好色な爺さんデンティストを色目で誘えばイチコロだろう。

最近、俺を相手にしなくなっているのも、爺さんと交渉があるからかもしれない。いやらしい女だ。いっかど才色兼備の上物《じょうもの》気取りだけれど、そのじつ、卑しい淫売なのだ。俺は知っている。麗しのダニエラ様も、実態はただの淫乱だ。ほかの全ての女と少しも変わらない。子宮しかない下等動物なのだ。

きついアルコールに酔っているせいも多分にあったとは思いますが、ここまで口汚い攻撃があるでしょうか。「翻訳」をしてさえ、この汚さなのです。

しかも、不当な誹謗にとどまらず、悪意に満ちた侮蔑まで。そのうえ、侮蔑の対象は、わたしを産んで育ててくれた、かけがえのない母親と、ひいては女性全体なのです。

それまで「それ」を怒らせまいと全力で努めていたわたしも、あまりに極端な罵詈と侮辱の連発に、耳を塞ぎたくなり、おもわず眉を顰《ひそ》めてしまいました。

「それ」は、相手がつい出してしまった、そういう微かな、反感のサインを見逃しません。案の定、わたしは捕まってしまいました。すぐに怒りの矛先が、わたしに向きました。

なんだ、その目は？　おまえ、俺に刃向かうのか。何様《なにさま》のつもりだ。いつから、そんなに偉くなった。

ダニエラ様ご自慢の娘が、まんまと名門大学に入って、建築士におなりになる。しかも、成績優秀のため、学費もタダだ、と。

それはそれは、頭脳明晰でよろしいけれども、要は、泥棒ということだ。貧乏人が、無銭《むせん》で学を付けようというのだ。あさましい。おまえ、泥棒で大学に行って、恥ずかしくないのか。

「それ」の歪んだ学歴コンプレックスは、七年間の同居を通して、わたしもよく知っていました。大学を出て、いわゆる肉体労働以外の仕事をする人々のことを頻々、悪しざまに言っていたのです。

大卒の、どこのだれが特定に悪い、というのではありません。いつも、具体的根拠のない、漠然とした一般論で、貶していました。

要するに、自分の生活がおもしろくないのは、彼らのせいだというのです。高学歴で、苦労もせずに甘い汁を吸って、自分たち肉体労働者を顎《あご》で使っている連中が諸悪の根源だ、と。

とんでもない偏見であり、逆恨みだと思います。自分の人生の不満を彼らのせいにするとは、責任転嫁も甚だしいです。それに、そもそも、「彼ら」とは一体、だれらなのです？根拠がないではないですか。

しかし、言うまでもなく、そんな本音はおくびにも出せません。少しでも出したら、たちまち、どれほど酷い、しつこい報復を受けたことでしょう。わたしも母も、ひたすら口を閉じて、神妙にやり過ごすのが常《つね》でした。

的《まと》が母からわたしへと移った攻撃は、続きました。「泥棒が。恥ずかしくないのか、ええ？」と詰め寄られたとき、肯定も否定もできずに、わたしは黙ってしまいました。もっとも、「恥ずかしくなどありません」と本心を言おうが、「はい、恥ずかしいです」と嘘を言おうが、どちらにしても、「それ」は怒りを増したに決まっています。

ひとたび虐待の「発作」が起きると、こちらがどんなにうまく反応して見せようとも、どっちみち、ひとしきり時間をかけてしつこく、罵倒に罵倒を重ねなければ、治まらなかったのです。それがパターンでした。

ですから、その時も、わたしは自動的に観念して、「時間を過ごすだけだ。時間、時間」と内心自分を励ましながら、じっとしていました。

果たして、攻撃は続きます。

泥棒までして建築士になろうとは、厚顔無恥もいいところだ。しかも、女のくせに。建築士などというものは、男でも、偉そうで鼻持ちならない。いままで何人も見たけれど、皆、傲慢でうぬぼれた連中だった。そんな我慢ならないものに、まして女がなるなど、到底、許されないのだ。

ふざけるな。俺をなめているのか。

おまえら親子は二人で、俺を馬鹿にしている。しがない労働者で失業者の俺を、陰であざ笑っているに違いない。

このうえ、おまえが建築士の大先生になった日には、二人で万万歳だな。俺の上に立って、鼻高々だものな。よかったな。

しかし、世の中がそううまく行くと思ったら、大間違いだ。そうは、俺が行かせない。

上品ぶった、おまえの母親も、俺が難なくものにしたのだ。おかげで、なかなか楽しませてもらった。しょせん、女は女でしかない。女に頭などないのだ。

とはいえ、どこから見ても明らかに頭のない馬鹿女をものにするより、一見、頭もありそうな女をものにするほうが、はるかに楽しい。俺には、そういう、もってまわった趣味があるのだ。

いかにも知的に見えている女が冠《かぶ》った知性の仮面をひっぱがしてやるのに勝る興奮は、ない。いくら賢ぶっていても、しょせん、おまえも単なる牝《めす》だ、馬鹿なのだ、と暴いてやるのだ。

思わないか？　俺みたいなクズ野郎に組み敷かれ、ものにされるとは、賢くもなければ上品でもない、馬鹿で下品な証拠だろう。

俺は、知的な女ほど嫌いなものはない。偉そうなだけで、そのじつ、知性などない、見せかけだからだ。

知的な女が大嫌いだからこそ、そういう女をものにするのが大好きなのだ。正体を暴いて、つぶして、ひれ伏させる。これこそ、極上の慰みというものだ。

ただし、条件が一つある。いい女であることだ。見た目に性的魅力のない女には、そもそも、なにもする気がしない。知的なブスなど、ただ殴《なぐ》り倒せばいいのであって、わざわざ押し倒すに値しない。

知的な美人。これが俺の天敵であり、大好物なのだ。

そういえば、おまえも、なかなかではないか。いつから、そんないい女になった。こうなると、もう、母親よりよほどいい。

それがまた、建築学科の最優秀生ときた。

いいね。最高だ。俺のタイプだ。俺の女になれ。ダニエラとは別れる。おまえに乗り換えるよ。

このような台詞《せりふ》を、もっと卑賤な言葉で吐いて、「それ」は、わたしを襲いました。

わたしは渾身の力で抵抗しましたが及ばず、レイプされました。

生まれてからいままで、あれほどの苦痛を受けたことは、ありません。精神だけでなく、肉体の苦痛もです。体の局部に、鋭い激痛が走りました。何度も、何度も。血も流れました。

やがて、体の苦痛は止《や》みましたけれど、心の痛みと苦しみは、いまだ止みません。深く穿《うが》たれた傷が、いまなお、わたしの中心で脈打っています。

「魂」という語は茫洋として、摑《つか》みがたく、わたしはめったに使わないのですが、ここでは使おうと思います。なにか……魂が傷つけられた気がするのです。

しかも、汚《きたな》く、傷つけられました。

美しい傷、というのもあると思うのです。わたしには無縁でしたけれど、美しく傷ついた魂、というのも、きっとあると想います。

わたしの魂は、汚い傷を負わされました。これ以上汚《けが》らわしいことは、ありません。

地獄に堕とされ、絶望して、一時は生きる気力も失いましたが、それでも死なずに生きてきたのは、この汚い、致命的な傷を抱えたまま、なまなましく抱えたままで、能《あた》う限り真摯に生きてやろう、と決意したからです。

深手負いのままでいい、癒えない傷の痛みに悶え、ときには再びそこから血を流しながらも、自然に絶命するときまで、がんばって生きてみよう。と思いました。

そして、そう敢えて生きるのだから、そのぶん余計に、良く生きたい、と思ったのです。

なぜそう思えたかについては、あとでもっとお話ししますが、ある修道女の慈悲深い導きと、それによって深まった信仰のおかげです。

「それ」は、暴行のあと、ふてぶてしく水を一杯飲んで、寝室に引き上げました。泥酔に近い状態だったと思います。

わたしは、居間の床《ゆか》に横たわったまま、動けずにいました。冷たく、硬い床でした。

二十分ばかり経ったころでしょうか。正確には覚えていません。全身に、絶望と怒りがこみ上げ、火のように燃え出しました。

極限の感情というものは筆舌に尽くせませんけれど、言ってみるなら、怒りのみならず、絶望も、燃えます。そのとき、まさに身をもって、知りました。

本当の絶望は激情です。真っ暗闇というよりは、赤黒い炎なのです。ぎらぎら燃え上がります。激しい怒りと同じように。

怒りだけではなく、絶望だけでもない。怒りと絶望の両方がわたしの体内で燃えたぎりました。

多くの人には、抽象的にしか聞こえず、わかってもらえないかもしれません。けれど、わたしには、はっきりわかるのです。驚くほど明白に。また、もしかすると、怨恨による殺人をおこなったことのある人なら、わかってくれるかもしれません。

人間は、絶望と怒りが極点で相俟ったとき、人を殺します。

人間は――いえ、もっと誠実に申します――少なくともわたしは、怒りだけ、あるいは絶望だけからなら、殺人はしません。

絶望と怒りが赤黒く燃えて交じり合い、極限に達して、わたしは「それ」を殺しました。爾来《じらい》ずっと、悔いていません。いま現在も。殺してよかったと思っています。

身を焼くほどの激情に駆られてはいましたけれど、「殺す」と決めた瞬間から、それを完遂するための理性が、冷徹に働きはじめました。

時刻を見ると、まだ九時過ぎで、母が帰宅するまでには余裕がありました。音を立てずに寝室の中を窺《うかが》ってみると、「それ」が鼾《いびき》をかきながら、ベッドで熟睡していました。仰向けに寝転がっています。

絞殺は、腕力の問題で、到底無理です。銃器は家にないし、あったところで、わたしには使いこなせません。刃物で刺殺するしかない、と決めました。

刺殺にしても、相手がたまたま眠り込んでいるから、なんとかやりおおせる望みがあっただけです。「ラッキーだ」と思いました。

もし、あのとき「それ」が眠っていなかったとしたら、当夜の殺害はあきらめ、改めて日数と手間をかけて準備した上、毒殺を決行していたでしょう。

世の多くの男女もそうだと思いますが、わたしも、血を見るのを恐れる質《たち》で、医師や看護師にはとてもなれない人種です。それが、躊躇なく人を刺し殺そうというのですから、極限に陥り、内面ですでに、ある一線を超えてしまった人間というのは怖しいものです。

キッチンに入って、大きな肉切り包丁を取り出し、深呼吸をしました。精神が、不思議なくらい研ぎ澄まされ、統一されていきます。言葉が良すぎて、逆の語弊がありそうですが、そのとき「明鏡止水」の境地が、わたしにおとずれました。

二、三年前、高校で、なにかの折りに、同級生の男子が言っていたのを思い出しました。

「ナイフで人を殺すには、首を刺すのが一番だ。心臓は骨が守ってるから、なかなか刺しきれない。首だ、首。頸動脈。あと、鎖骨の下。それと意外に、太腿《ふともも》な。これが、みごとな出血多量よ」

本当に貴重な情報です。数年を経て、その男子に感謝しました。

それなら、まず頸動脈の破壊を確実に遂行し、あとは流れで鎖骨下、太腿もやればいい。それに、腹部も刺しやすそうだ。頸動脈が切れた時点で意識不明になり、まもなく失血死してくれるのがベストだけれど、どうだろうか。とにかく、最善を尽くそう。人事を尽くして、天命を待つ。

そう心に決めて、もういちど呼吸を整え、精神を研ぎました。時刻は、十時きっかりです。

両手に包丁を握りしめて、「それ」と母の寝室に入りました。

またしても、運はわたしに味方しました。

「それ」は依然、仰向けで眠りこけていたのです。しかも、壁の間接照明を点けたまま寝てくれていたおかげで、急に灯《あか》りを点けて目覚めさせるリスクも冒さずに済みました。

計画どおり、頸動脈と目《もく》される箇所を、強く刺しました。

全身全霊を刃《やいば》の切っ先に込めた、と言えます。それまでの人生で、これほど神経を張りつめてなにかに集中したことは、ありませんでした。生きてきた十九年の全てを、その一点に込めた、と言っても、過言ではないでしょう。

さいわい、いやな固さはなかったです。ぐっと深く、刺し込めました。やはり、肋骨のある胸でなく、首を狙ったのが正解だったと思います。

瞬時に、臙脂色《えんじいろ》の血がどくどく溢《あふ》れ出ました。映画のシーンみたいに「噴き出し」はしません。とはいえ、止めどなく出てきました。まさしく、どくどくと。

「それ」の鈍いうめき声を一度だけ聞いた気もします。

あとは無我夢中でしたから、記憶が刻めていません。ただもう、がむしゃらに、見境《みさかい》なく首、腹、太腿を突き刺したつもりです。いわゆるメッタ刺しです。たぶん、二十秒もかけていないと思います。

事後その部屋を飛び出し、バスルームに飛び込んで、鍵を掛けました。もちろん、血だらけの包丁も持ち込みました。

おそらく「それ」は、長く見積もっても半時間以内に、失血死してくれるだろう。とは見込んでいたものの、万が一、死に至らず、「それ」が最悪の奇跡をもぎ取って起き上がり、わたしを返り討ちにしてきたら、万事休すです。

とうぜん、家の外に逃げたかったです。けれど、それはできません。外で人に出くわして、挙動不審を嗅ぎつけられたら、そこから殺人罪がばれるかもしれないからです。

わたしは、正当な復讐、「正しい私刑」を敢行したと確信する、本当の確信犯です。警察に捕まる気など、毛頭ありませんでした。

人生に絶望したからといって、刑務所に入っても構わない、とは思いません。それどころか、逮捕などされては、決死の思いで断行した処刑が、無に帰してしまいます。

「囚人になりたくない。無辜《むこ》の、自由な民《たみ》でいたい」と言っているのではありません。そんな次元の話ではなく、これは哲学の問題です。いわば、私刑の哲学です。

この私刑は、「それ」を殺すだけでは成立しません。「それ」を抹殺して、なおかつ、その殺人がどこからも咎《とが》めを受けない、という状態が永久に担保されてこそ、成立するのです。

わざと抽象語を振り回しているのではありません。まじめに申しています。神父なら、ご共感はくださらないにしても、わたしの申す意味はご理解くださると思います。

お察しのとおり、確信犯というのは、哲学犯なのです。

説明が長くなって、すみませんでした。そういうわけで、家の外には出ず、バスルームに逃げ込んだのです。

ぶるぶる震えながら、バスタブと便器のあいだの床にうずくまって、神に祈りました。人を殺《あや》めた者が神のご加護に縋《すが》ってよいか否か思案する余裕は、ありません。ただ一心に祈りました。

小一時間もそうして過ごしたでしょうか。だいぶ落ち着いてきて、まず、耳を澄ませてみました。つぎに、そうっとドアに耳を付けて、外の物音を拾おうとしました。

なにも聞こえません。

「うまくいったんだろう」と思い、おそるおそるドアを開いて、しのび足で廊下に出ました。

あい変わらず、家全体が静まりかえっています。うまくいったに違いありません。

いまごろ「それ」は、おのれの汚い血の海の中で、永遠の眠りに就いているのだ。と確信しました。

それからは、母が全てを運んでくれました。

零時前に帰ってきて、わたしから事《こと》の顚末《てんまつ》を聴き、まず最初に抱きしめてくれました。

「ごめんね。わたしが悪い。あなたは、なんにも悪くない。なんにも。安心して。わたしが全部、やるから。だいじょうぶ。部屋で休んでなさい。シャワー浴びて」

こう言ってくれました。

「それ」の死体を、毛布と、使わずに置いていたカーテンで包みこみ、スカーフや薄手のタオルを数枚ずつ固く繋いでこしらえた「紐」で縛る。ここまで、母が一人でやりました。わたしは、母の気づかいに甘えて自室に籠っていましたから、作業の過程は見ていませんけれど、もの凄いレベルの集中力と処理能力だったと思います。

「火事場の馬鹿力」も出たのでしょう。大変な効率とクオリティーの仕事でした。

古い大衆車ではありますが、母は自家用車を一台持っていましたので、それで死体を運搬し、山中に捨ててくることにしました。

夜中の一時半でしたけれど、その、おどろおどろしい荷物を二人で引きずって、アパート前の駐車場まで運ぶときは、怖かったです。そんな異様な光景は、だれかに見られたら最後、不審がられるよりほか、ありませんから。

それでも運を天に任せて強行するしか方法がなく、やったのですが、結果は吉《きち》と出ました。目撃者はいません。

母には、心当たりの場所がありました。リスボンから北東二百キロほどのところにある山林です。母は以前そのあたりに行ったことがあり、そこなら、死体を遺棄しても、なかなか見つからないのではないか、とのことでした。

もちろん、これもハイ・リスクです。事実上、行き当たりばったりと変わりません。しかし、母とわたしには、どんな手段を用いても、いえ、どんな頼りない手段しか用いられなくても、絶対にやり遂げたいことがありました。朝までに「それ」の死体を首尾よく遺棄し去ることです。

複数の段階で、さまざまなリスクが降りかかり、そのたびに冷や汗をかきましたけれど、結局、二人でやりおおせました。幸運が次から次へと、まるで連携プレイのごとく、わたしたちを助けてくれたのです。

すでにお話ししましたように、ありがたい偶然は、わたしが一人で「それ」の刺殺を企図したときから、積み重なってくれていました。その、幸運の連鎖が、母の主導で死体遺棄に取り組んだときまで、最後まで、ずっと続いてくれたのです。

救いの連鎖をかたちづくる、多くの輪のうちでも、いちばん重要な輪の一つが、「それ」

の身上《しんじょう》でした。

孤児として生まれ育ち、つき合いのある縁者もおらず、勤め先も、せいぜい数ヵ月関係したのち、辞めたばかり。それに、母とも、法的には結婚していない。

こういう背景の者、というより、ほとんど背景のない者でしたから、「それ」が突然いなくなっても、捜し回ったり、警察に捜索を求めたりする人はいないだろう、と楽観できたのです。これは、わたしたちが逮捕されないための、極めて重大な幸運です。決定的と言ってもいいくらいでしょう。

たしかに、わたしは、「それ」を殺すと決意したときから徹頭徹尾、確信犯です。「正しい行為だ。やらねばならぬ」と確信していたうえ、おまけに「正しいのだから、きっと一生、捕まらないに違いない」という、へんな自信もありました。

けれども、企画、殺害、死体遺棄と具体的行為を進めてゆく中で実際、あらゆる幸運にめぐり合って助けられたとなっては、初めから持っていた自信が、なお一層、強固なものとなりました。

「これほどラッキーが積み重なってくれるなんて、やっぱり、やるべき、正しいことだからだ。正しいことをやった者は捕まらない」と、絶対的に思い込めたのです。

じじつ、決行の日からきょうまで、三十一年半ものあいだ、この殺人は発覚しませんでした。

捕まらない自信がありましたから、時効についても詳しく調べたことはないのですが、たぶん、十五年でしょう。もはや、その倍以上が過ぎています。

それに……これは、多くの犠牲者を出した痛ましい災害ですから、言及しづらいのですけれど、二年ほど前、ポルトガルで大きな山火事が起こりました。神父もお聞き及びと思います。

三十一年半前、母と二人で「それ」の死体を遺棄した場所は、山火事が焼いたエリアに入っています。真ん中あたりかもしれません。

この惨事をニュースで見たとき、わたしは犠牲者を悼みつつ、「あの場所は……」と、遠い過去に遺棄した物を思い出しました。

いまはもう、白骨すら残っていないかもしれません。

強姦をされ、殺人をし、死体を捨てました。

時間にすると、およそ半日です。この半日のあいだは、神経だけで動いていたようなもので、心身の調子どころか、そもそも、心身など無い状況でした。

問題は、そのあとです。

ストレス障害と呼ぶのでしょうか。あるいは、鬱《うつ》のたぐいなのか。医師にはかからなかったので、精神医学的な呼称はわかりません。

ほとんど眠れず、すこし眠っても、フラッシュバック性の悪夢を見て、すぐ目が醒める。食欲もなく、たまに目まいと吐き気に襲われる。無気力で、ときどき泣き出してしまう。

こういう異状に見舞われました。体のケガや病気ではなく、心に受けた激越な傷に起因する不調だったのは、明らかでしょう。

四六時中わたしを苛《さいな》んだのは、レイプの記憶ばかりでした。悪夢としてのみならず、覚醒中も頻繁に見たフラッシュバックは、全部、レイプのそれでした。殺人のは、一度も見ていません。

しかし、このときも母が、頼もしく助けてくれました。

とても大学に行ける状態ではなかったわたしのために、さっさと休学の手続きを進めてくれた上、マドリッドで心の静養をしてはどうか、と勧めてくれたのです。

休学して家に籠っていても、きっと良くない。思い切って環境を変えるためにリスボンを離れて、しばらく、静かに過ごしてきてはどうか。というのです。その間《かん》に母は、忌まわしいアパートを引き払い、新たな住みかを整えて、わたしの帰還を待つ、と。

マドリッドに、女子修道院の運営する施設があって、男のＤＶや虐待から逃げてきた女性を一時的に保護したり、性的暴行を受けて心に深い傷を負った女性を一定期間、療養のために生活させたりしている。所長のシスター・ペレイラはポルトガル人で、ひじょうに情け深い、徳の篤い修道女らしい。

どこから情報をたぐり寄せたのか、母は早くも、これを調べてありました。療養生活のための費用も異常なほど安く、そのくらいなら母でもなんとか仕送りできる、とまで。

さきほども打ち明けましたが、たしかに、母を怨む一面はあります。「それ」のような人でなしと野合《やごう》した結果、わたしを地獄に投げ込んだ「女」としては、憎んでいます。けれど同時に、やさしい母です。やさしくて、賢くて、娘のためになら、この上もなく勇ましく戦ってくれた母です。あつい、悲しい、わたしの母です。

愛しています。いつまでも。

マドリッドに行きました。

母の勧めに盲従して、ではありません。「行ってみたい」と、みずから望んで、行きました。

修道女のもとで修道女のような生活を送ってみれば、この耐えがたい苦しみも、すこしは静まるのではないか。壊れてしまった自分を包んでくれるのは、信仰の世界だけかもしれない。と、縋《すが》る気持ちになっていたのです。

凶悪の夜から半月後、十一月十八日に、入所しました。

そのシェルター、女性保護施設は、女子修道院の中にありました。

当時、二十人近い入所者がいましたけれど、生活の基本が個人行動でしたから、集団のストレスはありませんでした。それに、修道院らしく極めて質素な「房」とはいえ、全員、個室をもらえていました。

食事の支度や畑仕事、奉仕労働などの共同作業も、数人単位でおこなうのみで、大人数の組織行動は強いられません。

語るのもおぞましい過去を抱え、心身の傷がまだ生々しく痛んでいるのは、お互い承知しています。だから、お互い、適切な孤独を保てるよう、入所者同士、黙契《もっけい》をもって尊重し合っていた気がします。やわらかく、おだやかに。

その結果、当然、そのとき一緒に暮らしていた女性のうちだれとも、音信を交わす友人にはなっていません。もちろん、これが最良の結果だと思っています。

祈りと黙想、労働と読書の日日でした。

そして、なにより、シスター・ライラ・ペレイラの、どこまでも深い、慈悲と薫陶を受けました。

シスター・ペレイラは、当時まだ四十にもならない若さで、言葉数も少ない人でしたけれど、なんと申しますか……なにか、度はずれた雅量《がりよう》の持ち主でした。

底も天井もない雅量です。あんなに磊落《らいらく》、かつ、みやびな包容力を、わたしは、ほかのだれにも感じたことがありません。

日常、彼女の顔が見えるだけで、いえ、見えなくても、その存在を想うだけで、こころが安らぎ、勇気が出ました。

彼女の透き通った、まるで春のようにあたたかい情愛が、抱擁を介する必要もなく、わたしの魂に沁みこんできました。

言葉での教えは、ほんとうに少ないシスターでしたが、稀にかけてくれる言葉にはいつも、深い導きがありました。

入所したばかりのころ受けた教えは、こうです。

「加害者を憎んでいるでしょう。死ぬほど憎いに決まっています。あなたを死ぬほど傷つけたのですから、赦す必要など、ありません。彼を赦すかどうかを決めるのは、神です。あなたには関係ない。彼を憎もうが、憎むまいが、お好きなように。あなたはそのままでいいのです。そのまま、ただ『アーメン』と祈りなさい」

この言葉に、わたしは救われました。この人とここに居たら、いつか立ち直れるかもしれない、と感じられたのです。

静穏で濁りのない、規則正しい生活を始めて、十日も経たないうちに、ストレス障害と思われた諸症状が消え去りました。

いわゆるPTSDらしい症状は、施設を退所したあと、何年かの長期間にわたって、たまに現れ、わたしはそれを「発作」と呼んでつき合いました。けれど、施設で過ごした十ヵ月の間《あいだ》は、なにも現れなかったのです。

入所して十日で身も心も落ち着いたため、わたしは「もう二、三ヵ月もすれば、リスボンへ帰ることになるかもしれない。でも、この生活なら、あと半年ほど続けたい気もする」などと、思いました。

そうして迎えた一月の末、予期せぬ事態が発覚しました。

妊娠していたのです。

その頃わたしに恋人がいたか否か等等、つらつらお伝えするには及びません。ひとことで申します。この一生を通じて、わたしは男性と肉体関係を持ったことがありません。

おなかの子は、「それ」のレイプにより出来た子です。間違いありません。この確実さを百パーセント確実に知っているのは、後にも先にも、当該女性本人のわたしだけ、ということにはなりますけれど。

神父、お気づきくださいましたか。わたしは、「おなかの子の父親は――」とは言っていません。仮にも「父親」と呼ばれるためには、まず、人でなければなりませんので。

しかし、出来た子自身は、どうでしょう？　人ではないのでしょうか。

正直なところ最初は、半分「それ」の血を受けた子だと思うと、良い気持ちがしませんでした。

いえ、この際、もっと率直に明かします。妊娠を知った瞬間は、ぞっとしました。なんとも名状しがたい、もののしいような嫌悪感です。

まだ付きまとうのか、あの鬼畜《きちく》は。殺しても死ななかったか。しかも、今度は、この腹の中に居座ったとは。

あえて言葉にするなら、こんなところでしょうか。重苦しい嫌悪を感じたのです。

理屈による不快感です。「この子はあの鬼畜の分身だ」という理屈で考えたら、精神的嘔《おう》気《き》をもよおした、ということです。

けれども、だから殺したい、とは思いませんでした。不思議なくらいです。不思議なくらい一瞬も、抹殺は、つまり堕胎は、頭をよぎりませんでした。

「それ」の場合は逆で、抹殺を一瞬も迷わなかったのですけれど。

これは、もはや理屈を受け付けてくれない領域の話ですから、わたし自身にも説明できません。なぜ、わたしは、理性が嫌忌《けんき》したにもかかわらず、その子を堕ろす気には一瞬もならなかったのか。

カトリックだから？

いいえ、そんな単純で、ある意味浅薄な向きではありません。

「浅薄」などと言って失敬ですが、「カトリックは堕胎を許さないから、堕胎はしない」という、やみくもな短絡を、そう言ったまでです。

わたしはカトリック教徒ですけれど、しかし、教義に盲従して堕胎を控えたのでは、ありません。

真相は、ほんとうに、自分でもわかりません。ただ、教義とか倫理観とかではなく、もっと、もっと本能的なものだったような気はします。

とはいえ、母性本能と呼ばれるような、立派で美しいものではありません。もっと、わけのわからない、混沌たる本能です。原初的な不分明と申しますか……。

わかりません。言語化をあきらめます。とにかく、明白に言えることのみ申します。

そのとき、わたしは、子を授かったことをよろこぶ、普通の母親の気持ちには全くならなかったけれども、一方、「それ」の血を受けた子だから殺したい、とも全く思いませんでした。

おそらく原始的、生物的な本能により、わたしは胎児の存在を、いわば、消極的に承認しました。「歓迎せずとも、拒絶せず」です。

シスター・ペレイラの助力は、驚くべきものでした。まるで日常業務をこなすようにてきぱきと、いつもと同じ、朗らかな笑みをたたえて、指導してくれました。

「やはり、出来ていましたか。大丈夫。よくあることです。指定の産科医院で産みましょう。いい先生がたですから、安心して」

「『ぜひ自分で育てたい』とは思わない、とのことですね。そのほうが良いです。あなたには、子どもを育てるための人生の基盤がまだありませんから。養子に出しましょう。赤ちゃんの養子を熱望する、すばらしいご夫婦が、待機リストにたくさんいらっしゃいます」

わたしは同意し、施設とシスターの篤い計《はか》らいに感謝するのみでした。

たまたま、つわりのないタイプだったようで、それからも体調不良に悩むことなく、日々を過ごせました。

祈りと労働を主軸とする、規則正しい生活ですから、胎児の成長にも好影響だったことでしょう。また、祈禱や賛美歌は、良い胎教になったかもしれません。

春には、胎動が始まりました。動きの有無によって、活動中か睡眠中かがわかり、胎児が、生きている一個の生物だと実感できます。

わたしの感覚は、基本的に同じでした。毎日胎動を感じても、「わたしの赤ちゃん。元気で、うれしい」といった母性の感情は出なかったのですが、「それ」を絡めた憎悪もまた、湧きませんでした。

わたしは、生物の一母体として淡々と、新しい一個体の生物を、子宮の中で培《つちか》っていた、という感じです。

ある、真夏の朝、出産しました。

だいぶ前から既に決まっていた養親《ようしん》が、歓喜に満ちて待ち構えてくれていたのもあり、わたしは、すこしでも情が移るのを避けるため、新生児の顔を見ないことになっていました。

でも、声は聞こえました。元気な産《う》ぶ声でした。

それから一ヵ月ほど、同じ施設で過ごしたあと、わたしはシスター・ペレイラのもとを去って、リスボンに帰りました。

母が新しく借りて待ってくれていた、小さなアパートに帰宅しました。「それ」を殺したアパートからは七キロも離れた所です。

大学に復学し、新生活を始めました。

その後、志望どおり建築士になり、建設会社とアトリエ事務所に勤めたのち、独立開業して、今に至ります。

何度か辛《つら》い目にも遭いましたけれど、パースペクティヴで見れば、生き甲斐のある三十年だったと思います。

建築設計という仕事を通して、知的、美的欲求が満たされ、良い人たちに出合い、かつ感謝される歓びを味わいました。

わたしは、自分にとって最高の職業に恵まれ、その天職のおかげで、人間として生きる悦びを、身をもって、知ったのです。おのれの人生に、これ以上望むことは、ありません。

あとは、これから先は、慈善事業に関係する建築物の設計に力を注《そそ》いでいきたい、と思っています。

ところが、ここにきて、大きな試練にぶつかりました。

それが、きょう最初に申し上げた、児童養護施設の事件です。入所少年の焼身自殺です。

わたしは、施主のフランシスコを個人的に敬愛しています。礼拝堂の設計という仕事にも魅力を感じます。依頼を受けたいです。

けれども、わたしは、神罰が下るような人間です。「ゆるしの秘跡」を受けて、この身から業因《ごういん》を祓《はら》わなければ、礼拝堂の設計などできません。

それで、きょう、神父にお縋《すが》りしたく、まいりました。

しかし……しかし、です。

告解というのは、自分のしたことを罪と思って、悔いていないと駄目なのですか？

何度も打ち明けましたように、わたしは、「それ」を殺したことを罪とは思っていません。それどころか、正しい行為だと確信しているし、できることなら、何度でも殺したかった、とすら思っているのです。

これは、聖職者でいらっしゃる神父の目には、不遜極まる精神ですよね？　おそらく、そうでしょう。

でも、では、どうしたらいいのですか。一体どうしたら、罪の意識を得られて、自分の胸に後悔の念が湧かせられるのですか。

神父は冒頭で「回心を呼びかけておられる神の声に、心を開いてください」とおっしゃいました。

わたしは、神の声には悦んで、全面的に心を開きますが、「回心」にだけは、引っかかります。回心とは、どういう意味ですか。

「もう二度と殺さない。たとえ再び強姦されても、相手が人でなしでも」と思うのが「回心」ですか。

もしそうなら、わたしは回心などしません。断じて、しない。再びレイプされたら、必ず、再び殺します。

それを難ずる神の声になら、わたしは心を開きません。

神は、どんな罪もお赦しくださるのではないのですか。それとも、お赦しにはやはり、「その罪を悔い改めるなら」と条件が付くのですか。

神なら、無条件でお赦しくだされぱいいではないですか。「罪」を罪と思っていない確信犯でも。微塵《みじん》も悔い改めない不届き者でも。

どうなのですか、神父?

どうしたらいいのですか。わたしは悔い改めません。何度でも「それ」を殺します。

こんなわたしを、お赦しください。回心しないわたしを、どうか……。

わたしに回心を呼びかけないでください。神よ。

助けてください、神父。
わたしは、どうしたらいいのですか。
助けてください。

12

ややあって、格子窓の向こうから、神父の声が聞こえた。

「もしかすると……『フェルナンド』という歌がお好きですか？」

らちもなく意外な問いかけに、マダレーナは一瞬あっけにとられたけれど、返事が、反射のように口をついて、こぼれ出た。

「あ、はい。アバの『フェルナンド』でしたら、はい。好きな歌です」

「出産をされたのは、一九八八年の八月一日ですか」

「はい、そうです。でも、どうして……」

ちょうど一呼吸《ひと》ほどおいて、声が言った。

「ああ……なんてことだ。やはり、そうでしたか。あなたは……あなたは、わたしのお母さんです。おそらく」

「………」

「わたしは生まれてすぐ養子になった子どもです。すばらしい育ての親に恵まれました」

「………」

「十歳のとき、両親が、わたしを産んでくれた母親について、知っていることの全てを教えてくれました。お母さんは本当に聡明で美しい、ポルトガルの女性だったらしい。だから、あなたは遺伝子に自信を持ちなさい。その人のお名前は知らないけれど、好きな歌の名は聞いている。アバの『フェルナンド』。と教えてくれました。それ以来、『フェルナンド』は、わたしの大好きな歌です。わたしにはフェルナンドという名前が、生みの母の代名詞なんです」

「…………」

「じつは、両親の計らいで、フェルナンドを洗礼名に戴《いただ》きました。自分たちは、養子が自分たちの姓を名乗ってくれるだけで、充分うれしい。だから洗礼名は、生みの親にゆかりのものを付けてあげたい。と思ってくれたそうなんです。ミゲル・フェルナンド・アルフォンソと申します。一九八八年八月一日に、マドリッドで生まれました」

「ああ……」

「外に出てください。お互い顔を見れば、わかると思います」

神父と信者は、それぞれ違うドアから告解室を出て、向き合った。

黒の長いカソックに身をつつんだアルフォンソ神父は、すらりとした長身だった。百七十センチのマダレーナが見上げるほどだ。

そして、その顔が、生き写しだった。

マダレーナは職業柄か、一つの造形を見たとき、その全体像と各部分の像を、ほぼ同時に知覚できる。神父の顔は、全体も、眼、鼻、唇、頬骨の出具合《でぐあい》という各部分も、自分のそれらをそのまま写し取ったかのようだった。

その顔が、ほかならぬ自分から生《お》い出た顔であるのは、DNAなど鑑《かんが》みなくても、明らかだ。

13

三十余年前、おなかの子の養親が決まったとき、シスター・ペレイラが言った。

「育ててくださるご夫婦の個人情報は、極秘です。あなたにも一切、知らせません。それに、今後よほどの異変が起きない限り、あなたの詳しい素姓や事情、妊娠に至った経緯等も、先方に知らせません。ただ、その子が将来実母を想うよすがは、ひとかけらぐらい、あったほうがいいと思うの。サウダーデのしるしが、ね？　と言っても、それをその子に知らせるかどうかは、あくまでご両親次第なんだけど。好きなお花とか、音楽とか、そういう、ちょっとしたものがいいわ。愛読書とかになっちゃうと、精神的に重すぎて駄目。もっと感覚的なものがいい。あなた、クラシック音楽、好きよね？　なにか一曲、選べない？」

たしかに、マダレーナは十四、五歳の時から、聴く音楽のほとんどがクラシックだった。交響曲をはじめ、心底好きな楽曲は数え切れない。けれども、「いちばん好きな音楽を、一つだけ、選べ」と言われたなら、それは、クラシックでなく、ポップスの一曲、アバの『フェルナンド』だ。

グラッサの小屋で毎夕フェルナンドと遊んでいたころ、この歌を聞き知った。当時はまだ英語の歌詞にまでは興味が行かなかったのだが、「フェルナンド」が何度も歌詞に出てくるし、旋律もことのほか慕わしくて、マダレーナはこの曲につよく惹かれていた。

南米インディオの縦笛《たてぶえ》を思わせる音色《ねいろ》で始まる伴奏。長調なのに終始、そこはかとない悲しみを湛えた旋律。それを女性ボーカルの、どこまでも透き通りゆく声が歌う。「わが友、フェルナンドよ」と。

まだ十歳かそこらだった少女の胸にも、この歌はせつなく沁みこんできて、その胸を甘く衝《つ》いたのだった。

フランスへ行った彼と別れて、「それ」と出遭わされたあと、初めて、英語の歌詞を探究した。

星が綺麗だったね、フェルナンド。
星は輝いていた、あなたとわたしのために、
自由のために、フェルナンド。

触《さわ》りの前半部をなす、このくだりが、特に、マダレーナの心に響いた。無垢のよろこびに満ちた、グラッサの日々が断たれて終わり、「それ」の異常な虐待のせいで自由の大半を奪われる生活が始まっていたからだ。

その時から『フェルナンド』は、甘い悲しげな、慕情の歌であるのみならず、やがて不当な迫害の呪縛を断ち切って、再び自由を勝ち得ようとするマダレーナを励ます、秘めやかに切切《せつせつ》たる応援歌にもなったのだ。

いちばん好きな曲を一曲、と言われれば、これ以外にない。

「クラシックじゃないんですけど……アバの『フェルナンド』っていう歌が好きです。お伝えください。お願いします」

腹帯《はらおび》に守られた胎児の重みを感じながらマダレーナ・マリアは、シスターに向かって、穏やかに答えたのだった。

14

『フェルナンド』。一九八八年八月一日。そして、この顔。

まちがいない。この青年は、自分の産んだ子だ。

体の中が震えてきた。

「座りましょうか」

アルフォンソ神父はマダレーナを、会衆席の最前列まで導いた。

夜の教会にはもう、二人のほかに、だれもいない。ベンチに腰掛けて話し合うときのように、椅子に並んで座って、お互い、相手の方に体を向けた。すぐ前が内陣だ。

椅子に腰をおろしたとき、主祭壇に掛かる絵から、長衣のざくろ色とケープの空色が、マダレーナの目の端《はし》をよぎった。

「お話、聴かせていただいて、ありがとうございました。ほんとうに真摯な告白でした」

「いえ、あの……あからさまな事実ばかりで……申し訳ありません。まさか、神父が……」

「大丈夫です。ゆっくり。落ち着いてください」

ミゲル・フェルナンドは、言葉のとおり、みずから、ゆっくり、落ち着いた口調で話しかけた。やはり流麗なポルトガル語だ。

「このポルトガル語も、両親が習わせてくれたんです。生みのお母さんはポルトガル人だそうだから、って。でも、いつかその人に会おうとか、会えるとかは、ぜんぜん思ってませんでした。フェルナンドっていう洗礼名と同じで、ただ、自分のルーツの象徴をさりげなく身に着けている、みたいな感じです。ところで、あなたの洗礼名は、なんですか」

「……マリアです。マダレーナ・マリア・ダ・コスタと申します」

「マリア」

と、静かに言って、神父はつづけた。

「告白をお聴きしてまして、グラッサのフェルナンドが出てきたとき、『あれ？　フェルナンド？　じゃあ、もしかして――』って思いはじめたんです。あとは、真夏に出産したとお聞きして、いくつかの要素がパズルみたいにつながっていきました。ポルトガル人、三十年余り前、マドリッドの修道院、新生児の養子、と」

「ああ……でも……悪い話を。あなたにとって、こんなに悪い話を……」

「いいえ。大丈夫です」

「でも、わたしは、あなたの、ち、父親を殺し、まだ何度でも殺したい、って言ったんですよ」

「だいじょうぶ。事実は事実でしかありません。良いも悪いも、ない。事実そのものは、ニュートラルです。無です。起きてしまった事実を、良いものにするのも、悪いものにするのも、人間次第だと思うんです。もっと言えば、それこそが人生じゃないかとさえ思います。まだ満三十歳の若ぞうがなにを言うか、ですけれど」

「い、いいえ」

「二年前、叙階《じょかい》を受けて司祭になりました。毎日のお勤め以外に、いろんな奉仕活動もします。暴行されて妊娠、出産した女性たちにお話しする機会もありました。そのとき、わたしは彼女らに、自分の思いをありのまま伝えました。『普通に、自分が選んだ人と愛し合って、普通に、授かって産んだんじゃないわけですね。普通の妊娠じゃない。異常な受胎です。つまり、聖母とイエス・キリストです。マリアは夫と交わってイエスを宿したんじゃありません。彼女は処女です。処女のまま、聖霊によって受胎し、天使ガブリエルの受胎告知を受け入れ、処女のまま、神の子イエスを産んだんです。救世主イエスは、異常な受胎により、この世に誕生されました。皆さんは、極めて非道な仕打ちを受け、癒えるはずもない傷を負っています。けれど、本当は、だからこそ聖母なんです。産んだ子どもを、自分と夫の愛の結晶などと呼ぶのは、エゴの塊《かたまり》、傲慢不遜もいいとこです。子は、一人残らず、神の子です。受胎するのにいちいち、ちっぽけな、男女の愛だの恋だの、要りません。じつは、わたし自身も孤児だったんです。いわゆる、望まれなかった子どもです。生まれてすぐ、養子にもらわれました。実の親を知りません。それでも、愛情深い養親に育てられ、教育を受けさせてもらった結果、自分が希望する聖職にも就けました。わたしは恵まれた、しあわせな人間ですけど、男女の愛の結晶とやらではありません。とんでもない。そうではなくて、わたしの人生は、養《やしな》い親《おや》の慈愛の上に成り立ったものです。間違いない。しかし。しかし、そもそも、実の母親がわたしを産んでくれたからこそ、わたしはこの世に出てこられました。精神を容れるための肉体を最初に与えてくれたのは、生みの母です。しかも、きっとその人は、なんらかの大きな苦しみを抱え、それを忍んでまでもわたしを出産してくれたのです。もちろん、事情は知りませんけど、なんらかの、普通でない妊娠だったに違いない。異常な受胎です。すなわち、聖母です。わたしは、聖母である、その人に、深く感謝しています。皆さんは今、聖母の異常な受胎なんて言うけど、レイプと聖霊を一緒にされてもねえ、とお思いかもしれません。詭弁《きべん》だ、と。そりゃそうですね。かたや悪、かたや善、の極致です。いくら絶対値が同じであろうと、質が正反対のものを同一視せよ、と言われても、そう簡単には頷けません。それに、司祭のわたしがこれを言ってはおしまいなんですが、そもそも、処女懐胎は聖書の物語であって、現実ではないと思います。皆さん、すぐには頷けなくて当然です。そりゃそうです。だけど、これだけは聴いてください。わたしは、一度も会ったことがなく、これからも会うことはない、生みの母に、心から感謝しています。皆さんが産んだ子どもたちも、きっとそうなります。ここの事務局も、すばらしい養親を見つけてくれますから。同じような新生児孤児だったわたしに、その子たちの気持ちを代弁させてください。ありがとう。産んでくれて、ほんとうに、ありがとう』」

「…………」

「『同じような新生児孤児』どころか、わたしも、彼女らが産んだ子と全く同じで、悪の極致から出来た子どもだったんだ、って、きょう知りました。だから、次の機会にはシンプルに、『わたしもレイプで出来た子です』って言えます。この上ない説得力です」

「あ……」

「いえ、皮肉じゃないですよ。ぜんぜん。説得力があって、ほんとに、いいんです。傷ついた人や恵まれない人をすこしでもお助けしたい思いは、神にお仕えしたい思いと同じほどに、つよく持ってます。説得力が増したら、お助けできる度合いも増すでしょう？　うれしいことです」

「神父……」

「もうすこしお話ししても、いいですか」

「はい。もちろんです」

「自分から志《こころざ》して聖職に就きました。ひじょうに信心深い両親の影響が土台にあっての志《こころざし》だったとは思いますけど、親たちがわたしを司祭にしたかったわけではないんです。彼らは普通に、わたしが結婚して子孫を繋ぐことを願っていたと思います。でも、わたしが自分の志望を伝えたら、反対なんか全然せずに、むしろ激励してくれました。神学校にも、喜んで遣《や》ってくれたんです。親には本当に、あらゆる意味で、いくら感謝しても足りません」

「そうですか」

「はい。そうです。そうやって、わたしは、一分《いちぶ》の迷いもなく、聖職の道に入りました。まるで前世からのシナリオどおり、とでもいう感じです。『人を助ける人間になりたい』という、若者らしい人道的な気概と、幼いころから両親に付いて教会にかよい、聖書を味読する習慣をもっていたことが根本にはあります。でも、それだけで一気に、特定に『神父になる』と決めたわけではありません」

「なにか具体的なきっかけがあったんですね？」

「はい。ありました。両親が生みの親ではないと知らされてから、わたしは内側に向かいました。精神性に目覚めた、と言いますか。まだ十代の初めながら、愛とか人間性とかについて考えるようになったんです。人が実《じつ》の子に愛情を注ぐのは当たり前だろうけど、ぼくの両親は、もらい子に過ぎないぼくをここまで愛してくれている。これは当たり前じゃない。すばらしいことだ。人間として尊い。って思いました。それまでは単に『お父さんもお母さんもやさしい。大好き』だったのが、『養子を愛せる彼らは慈悲深い。偉い』も加わったんです。愛着に尊敬が加わりました。そして、『ぼくも彼らのような偉い人になりたい』と思いました。それが始まりです。そこからどんどん進んでいって、わたしは、当たり前に自分の家族や恋人、親友、仲間といった『身内』を愛するだけの人生よりは、赤の他人や見ず知らずの人々を、さらには敵対者をも、寛《ひろ》く、まるで身内のように深く愛する人生を生きたい、と願うようになりました。大それた願いかもしれませんけど、親への尊敬から出発して、おのずとそう願うに至ったんです」

「ああ、それで聖職を？」

「はい。最終的には、そうです。だけど、そこに至る過程に一波乱、ありました。十四歳のときから、公共というか、慈善というか、なるたけ遍《あまね》く人を助ける仕事をしたい、とは明確に思ってましたが、分野や業界に関しては、まだ曖昧でした。偉人の伝記を既にたくさん読んでいて、なかでもマザー・テレサとアルベルト・シュヴァイツァーを崇敬《すうけい》してました。なので、修道士になって、社会的弱者の命を救う活動に力を入れるとか、医師になって、アフリカに赴《おもむ》いて重い伝染病の治療に全力を尽くすとか、そういった人材になりたい、っていう漠然としたイメージだけ持ってたんです。いずれにしても、ずっと信仰がわたしの基盤にあったことは確かですけど」

「そのようですね」

「はい。信仰心と向上心が相俟って、十六歳以降は巡礼をするようになりました。レストランでウェイターのアルバイトをしてお金を貯めて、学校の休暇中に一人で旅に出ました。電車と徒歩です。実の母の国から始めようかな、とか思いながら最初、聖地ファティマのバジリカを訪れました。そこで白衣《びゃくい》の聖母像を仰《あお》いだとき、感激しました。鳥肌が何度も立ちました。次はもちろん、自国のサンティアゴ・デ・コンポステーラです。この巡礼では、長い道のりを何日もかけて歩くうちに、老若男女を問わず、いろんな巡礼の人たちと身の上話を分かち合えたり、困ったら助け合えたりして、人との出合いや触れ合いにも感動できました。十六歳の若者には、この上ない体験です。信仰って、すばらしい。人間は、なんて素敵な生き物たちなんだ！　って、わたしは人間愛に溺《おぼ》れんばかりでした」

「そうなるでしょうね。想像できます」

「それで完全に味を占めてしまいまして、十七歳の夏休みには、ついに海を渡りました。大西洋を。空路でメキシコ・シティに入って、あのグアダルーペの聖母を拝みに行ったんです」

「巡礼を極めたんですね」

「いえ、そううまくは行きませんでした。うまく行かないどころか、死にかけたくらいです。巡礼自体の感動も、じつは、ありませんでした。かの高名なグアダルーペの聖母を拝観するには、御前《おんまえ》に設《しつら》えられたムーヴィング・ウォークに乗って数秒間だけ、という仕儀だったんです。それに全体的にも、なんだか俗悪な雰囲気で、正直、失望しました。ファティマやサンティアゴ・デ・コンポステーラの感動は全くなかったんです。しかも、その夜、メキシコ・シティで暴漢に襲われてしまいました」

「えっ……」

「人気《ひとけ》の少ない夜道は歩くな、って言われてたんですけど、わたしは腕力や度胸にへんな自信もあって、人通りのない暗い路地を一人で無防備に歩いてしまいました。まだ宵の口でしたし、とくに不安は感じなかったんです。わざわざ大西洋を飛び越えて来たのに、今回の巡礼はぜんぜんダメだったなあ、なんて、むなしく想いつつ、ぼーっと歩いていました。そしたら案の定、男が四人、襲ってきたんです。結果だけ言いますと、パスポート、現金、航空券、携帯電話、つまり全ての貴重品が入ったリュックサックを奪われた上、かなり抵抗したんで、ナイフで思いきり腹を刺されて、気絶しました。鬼畜、というのは、やはり、いるんですね」

「………」

「そのとき助けてくれたのが司祭だったんです。初老のメキシコ人です。場末の、率直に言ってみすぼらしい教会の、神父さんでした。道ばたで倒れてる人や困ってる人がいないか、『夜回り』をして、必要かつ可能なら、助ける。ほとんど毎晩それを実践している人でした。その司祭は、なんと、重傷を負ったわたしを病院に入院させ、治療費を支払い、退院させたあとは、自分自身の質素な部屋に泊まらせ、パスポートの再発行を手伝い、航空券を買って、マドリッドに帰してくれたんです。すごい人です。信じられない慈悲です」

「はい」

「そのとき神父が自腹で出してくれたお金は、アルバイトで半年かけてお返ししましたけど、それは無理やり押し付けるように返したんで、神父ご自身には、返済してもらう気なんか全然ありませんでした。メキシコ・シティの空港でわたしが『一括ではムリですけど、必ず、分割で全額、お返しします』と主張したとき、彼は『いや、それには及びません。わたしに返すのじゃなく、今度はあなたが、いつか、窮地に陥っただれかに、同じことをしてさし上げてください。そういう形の返済が正解です』って応えたんです」

「ああ」

「その瞬間に決めました。司祭になろう。こんな人に、この人に、ぼくも、なろう。って決めたんです」

「そう、だったんですか」

「はい。意気ごんで巡礼したメキシコには、残念ながら、思い描いた聖母はいなかったんですが、思いも寄らなかった『聖父《せいふ》』がいました。わたしが将来進むべき道を、身をもって指し示してくれる人に出逢えたんです。その導きに添って、わたしは聖職者になりました。ほんとうに、前世からのシナリオみたいでしょう？　こうやって、なんの逡巡《しゅんじゅん》もなく、障害もなく、しぜんと神父になったんです。でも……」

「でも？」

「きょう、わかりました。わたしが、なぜ、聖職に就いたのか」

ミゲル・フェルナンドは、マダレーナ・マリアの双眸《そうぼう》を見た。

「あなたを救い出すためです。わたしは、あなたを苦しみから解き放つために、司祭になって、ここに遣《つか》わされたんです。すべて、神のお導きです。そうじゃなかったら、こんなことがあり得ますか？　この広いマドリッドの、こんな小さな教会に、まるで申し合わせたみたいに、わたしが赴任してきたあとで、あなたが、『なんとはなしに心惹かれたから』というだけの理由で、わざわざリスボンから来て飛び込んだんですよ。あり得ない。こんなの、奇跡としか言いようがないじゃないですか。神のお導きです」

「はい」

「マダレーナ。マリア。あなたは悪くない。悔い改めることなんて、ありません。だから、ゆるしの秘跡も必要ない。あなたは真摯に生きた。善良に、謙虚に、一生懸命、生きただけじゃありませんんか。あなたに罪なんて、ない。なんの罪もないあなたを、身勝手に苛《さいな》み、地獄に堕とした『それ』こそ、罪深い存在です。その凶悪な罪業《ざいごう》は、本人の〝刑死〟をもってしても償《つぐな》い切れず、次の世にまで持ち越されました。それが、わたしです。わたしの血の半分は、『それ』から始まった血です。わたしが浄化します」

「……………」

「もう、苦しまないでください。あなたが苦しむ必要なんて、ないんです。初めから、どこにも、ない。わたしに背負わせてください。きょうから、わたしが背負います。あなたの苦しみを、全部、わたしに下さい。わたしは、そのために、ここに来たんです。そのために、司祭になった。やっと、きょう、わかったんです。自分の、本当の使命が」

「……………」

「あなたの苦しみをわたしに下さい、って、本当は正しい言い方じゃありません。本来わたしの苦しみであるはずのものを、間違って、あなたが背負ってきただけです。三十余年も。だから、『その苦しみをわたしに返してください』が、正しい言い方です。きょうまであなたが苦しんできたのは、『それ』のせいです。つまり、あなたの苦しみは『それ』の罪なんです。そして、『それ』の罪を血で引き継いでいるのが、わたしです。ゆえに、あなたの苦しみを背負っているべきは、本来、わたしなんです。わたしに、その苦しみを返してください。お願いします」

「…………」

「あなたを苦しみから解き放つために、神父になって遣わされた、って言いましたけど、それは即《すなわ》ち、わたしはそのために生まれた、ってことでもあります。あなたが、堕胎を考えもしないで、当たり前のように、わたしを産んでくれたのは、そのためですよ。あなたは、地獄の呪縛から解放されるために、わたしを生んだんです。神のお導きです。わたしは神の遣いです」

「…………」

「神の遣いですから、きちんと使命を果たさねばなりません。あなたは、きょうで完了です。本日付けで、解放されました。あとは、わたしが一人で努めます。あなたから返してもらった『それ』の十字架を背負って、罪に汚《よご》れた血を浄化するには、時間もかかります。誠意と時間をかけて、努めていきます。なにか特別なことをするわけじゃありません。これからも司祭として毎日、一つ一つのお勤めに、心を込めて当たります。そして、助けや癒やしを必要とする人たちへの奉仕に、現場で力を尽くします。傷ついた彼女ら彼らに接するとき、

『人を憎んではいけませんよ。たとえ敵でも。憎悪は罪です。悔い改めましょう。つねに汝《なんじ》の敵を愛しましょうね』と、形式的に、無神経に語ったりしません。一人一人の気持ちに、わたしの胸を傾けます。そんな日日を、何年も、死ぬまで続けていくことが浄化であり、償いだと思うんです。そのために生まれたんで、そのために生きます」

「ああ……」

「神学校で勉強中のときも、実際聖職に就いてからも、充実感のある毎日を生きてはきましたけど、自分が生まれた意味をまざまざと知った今、なお一層、生き甲斐を感じます。生まれる意味まで込めて、わたしを生んでくださって、本当に、ありがとうございます」

「神父……」

「――悔いてなどいない。もし再び同じ状況に立たされたなら、わたしは同じことをする。わたしの友、フェルナンド――歌詞、暗記してます。あの夜、星が輝いてたんですよね、あなたとフェルナンドと自由のために。これからも、歌いつづけてください。あなたが悔い改めることなんて、なにもないんですから。『悔いてなどいない、フェルナンド』って、歌いつづけてください。グラッサに向かって。マリア」

ミゲル・フェルナンドは右手で、マリアの左肩にそっと触れた。

15

教会で、人知れず涙したことはある。シスター・ペレイラの所《ところ》に暮らし、サンタ・セシーリア教会で祈りをささげたときだ。

けれど、これほど泣いたことは、ない。教会では。

青年司祭が話していた時間の大半、熱い涙が彼女の頬を流れつづけた。肩は震えつづけていた。

苦しみが、マリアの中から止めどなく溢れ、出ていった。

そして、悲しみが入ってきた。

この、若い人は、自分が鬼畜の血を受けて生まれてきた者だと知らされてなお、嘆くどころか、かえって意を強くし、その運命がもたらす、みずからの使命に、よろこんで身を献げようとしている。まるで当然のように嬉々として、ひとり、十字架を背負おうとしている。

なんという強さ。いさぎよさ。こんなに高潔なけなげさがあるだろうか。

マリアは打ちのめされた。

この上なくありがたいものを見たからだ。

自分にとってありがたい、幸いだ、というのではない。そんな、地上の論理などはるかに超えたありがたさだ。理由などなく、ただ、ありがたい。神も、そういうものの一つだ。

ミゲルのけなげさは、それだった。理由なく、ただ、どこまでも、ありがたかった。

マリアにとって、至純の美しさが即ち悲しみであるのと同じように、無上のありがたさもまた、悲しみにほかならない。ミゲルの献身が、熱い悲しみとなって、彼女の中に入ってきた。

悲しみという名の浄福に、マリアの身の内が熱く燃え、止めどない涙が外へと押し流されたのだった。

16

顔じゅうを濡らしたまま、息を整えながら、彼女が応えた。

「――悔いてなどいない。もし再び同じ状況に立たされたなら、わたしは同じことをする。わたしの友、フェルナンド――あの事件があってからは、このくだりの意味が、ともすれば忌まわしいものになりました。『再びやられたら、再びやる』って意味に聞こえてしまって、それが凄く嫌だったんです。この歌が黒く汚《よご》されるみたいな気がして」

「…………」

「だから、無理やりストーリーを作って、こじつけてました。グラッサの小屋が悪者につぶされてしまったけど、めげずにわたしが新しく建て直した、っていうストーリーです。『ほら、建て直したよ、フェルナンド。こんな、悪者のいる場所に小屋を建ててたことを、悔いてなんかいない。大丈夫。再びつぶされたなら、同じように、また建て直すよ、フェルナンド』って」

「おお！　最高じゃないですか。最高の、最高のストーリーです」

「あ……ありがとうございます。でも、きょう、もっとわかりました。この歌の意味。『産んだことを、悔いてなどいない。再びあなたを宿したなら、わたしは再びあなたを産む』です。あなたのおかげです。あなたのおかげで、救われました。しかも、苦しみから救われただけじゃない。人生が、まるごと救われたんです。いま、わかったんです。この歌の、わたしにとっての、本当の意味が」

「どんな、ですか」

「全部です。全部、再びやる、って意味です。大学に行くなら、再び建築学科に行きます。レイプされたなら、再び殺します。心が壊れたなら、再び修道院に行きます。妊娠したなら、再び産みます。仕事を選ぶなら、再び慈善施設を設計します。告解を願うなら、再びこの教会に来ます。来て、再びあなたに逢います……全部です。全部の岐路で、もし再び同じ状況に立たされたなら、わたしは同じことをします。生まれ変わりっていうものがあったとして、しかも、なぜか、再び自分自身に生まれ変わったとするなら、わたしは喜んで、もう一度、同じ人生を生きます。地獄も含めて、です。地獄がなければ、あなたには逢えなかった。いえ、それどころか、あの地獄がなければ、あなたはこの世に存在すらしなかったんです。全部です。全部含めて、わたしは、もう一度、全く同じ人生を生きます」

「おお……」

神父は、大きな眼を大きく見ひらいて、信者を見つめた。

「あなたのおかげです。ありがとう。神父」

「…………」

「ミゲル。フェルナンド」

「……ありがとう。マリア」

「リスボンに帰って、小さな、木のチャペルの設計図を描きます」

「はい。そうしてください。よろしかったら、いつか、そこでお祈りさせていただきたいです」

「ああ、それは。ぜひ、いらしてください。お願いします」

17

リスボンに帰ってすぐ、シスター・ペレイラに手紙を書いた。いつもならメールなのだが、今度ばかりは、便箋に手書きでしたためて送りたかったのだ。

シスター・ライラ・ペレイラ

このたび、深く思うところがあり、告解を受けようと致しました。三十余年前、マドリッドからリスボンへ帰る直前に、カサ・デ・カンポの近くで見かけ、なんとなく心惹かれた教会があります。

ふと、そこへ行ってみたくなり、行きました。告解室に入り、むかし災厄に遭って、妊娠、出産したことも含め、告白をおこないました。

すると、信じられない出合いがあったのです。聴聞の神父が、私の産んだ子だったのです。

なんということでしょう。人生に、こんなすばらしい奇遇が起こるものでしょうか。私は途方もなく恵まれています。

ミゲル・フェルナンド・アルフォンソ神父。彼もこの邂逅を悦び、その上、私に、深く大きな慈悲をかけてくださいました。

まだ三十歳なのに、その無辺の仁愛は、ペレイラ先生のそれにも近いと感じます。

生きてきてよかったです。いえ、それどころか、この世に生まれてよかった。母から生まれてきて、シスター・ペレイラに出合って、生きつづけて、アルフォンソ神父に出合いました。

母へ、シスターへ、神父へ、感激と感謝しかありません。

先生、私に良い人生を下さって、本当にありがとうございます。

いま私は、人生たる巡りに、ただもう、感激しています。

先生には、一生、毎日感謝しつづけても足りません。

ありがとうございます。

アーメン。

マダレーナ・マリア・ダ・コスタ

白い封筒を両てのひらに挟んで合掌し、閉じた瞼《まぶた》にシスター・ペレイラの顔を浮かべてから、マリアは手紙をゆっくりとポストの中に落とした。

一週間後、修道女から返書が届いた。こちらも能筆の手書きだった。

マダレーナ・マリア・ダ・コスタ　様

驚喜しました。

なんと。ついに逢ったのですね。アルフォンソ神父に。ミゲル・フェルナンドに。

じつを申しますと、この子に関しては例外的に、長《ちょう》じてのちの消息も知っていました。たまたま、彼が聖職者になったからです。

正確に言えば、彼が神学校に入ったとき、両親から私に連絡が来たのです。「息子は将来司祭になることを希望しているので、そうさせます。つきましては、教会関係者のペレイラさん、今後とも何かと宜しく」と。

その後、ミゲルが叙階を受け、今回あなたが行ったサン・ルーカス教会に赴任したときも、両親から報告が来ました。二年ほど前だったと思います。

そのとき私は「ああ。マリアの産んだ子が、みずから望んで司祭になったか」と、無量の感慨に浸ったものです。あなたの子なら、必ず、立派な聖職者になるでしょうから。

いつか二人を逢わせたい、とも思っていました。何か適切な機会があれば、と虎視眈々。笑

じつは念のため、私的遺言にも書き加えてあったのですよ。「私の死後、ダ・コスタ氏に、アルフォンソ神父の存在と素姓をお知らせ願う。詳細は以下――」と。

けれど、もう、この記述は必要なくなりました。

しかも、私の予想通り、この上なく素晴らしい出逢いになったようで。心から祝福いたします。

さすが。さすが、マリアとミゲル。私を介すまでもなく、そよ風に揺れる柳のごとく自然に、巡り合ってしまうとは。

人生に、偶然も奇跡もありません。どんな出逢いも必然です。

逢うべくして逢いました。あなたは、ミゲル・フェルナンドに。あの歌は、話頭《わとう》にのぼりましたか？　アバの『フェルナンド』。

私も一つ、告白します。アバのこの歌が好きとあなたから聞いて、私もこっそり聴いてみたの。そしたら、とってもいい歌！　おまけに歌詞まで、悲壮で、繊細で、すっかり惚れ込んでしまいました。

以来ずっと、『フェルナンド』は私の大好きな歌でもあるのです。しっかり盗んでしまって、ごめんなさい。

マリアとミゲル・フェルナンドと私。三人の「ポルトガル人」が顔を合わせる機会は、おそらく、ないでしょう。ただ、ミゲルには、私も、そのうち会うことになるやもしれません。お互いマドリッドの教会にまつわる者として。

しかし何よりも、あなたとアルフォンソ神父がこれから、またとない、絶妙な親交を創ってゆかれるのを願います。

引きつづき、神の御加護とお導きを。

アーメン。

ライラ・ペレイラ

知っていたのだ。シスターは全てを、知っていたのだ。

そして、早晩マリアとミゲルを確実に逢わせるべく、遺言にまでしてくれていた。

底知れぬ深さに、おそろしいほどのありがたさに、マリアは、また打ちのめされた。

わたしは、この人に、どこまで守られているのか。どこまで救われるのか。この人は他人を、一体どこまで愛したら、気が済むのか。どこまで無償に、そして無言に、愛したら。

気がつけば、アルファマの居間の床にマリアは、マドリッドの方角に向かって跪き、両手を組み、頭《こうべ》を垂れて、瞑目《めいもく》していた。

終　章

『鳩とカラス』の礼拝堂の設計は、八月の末に、すべて終わった。

設計者のマダレーナ・マリア・ダ・コスタが急死したのは、十月の初めだった。

弟子のエンリケ・コルテスが事務所に行って、親方が寝室のベッドに横たわったまま死んでいるのを発見した。

彼女は端然と、まるでベッドが木の柩《ひつぎ》であるかのように端然と、天を仰いで眠っていた。

そのときコルテスは愕然と床に尻をつき、しばらく動けなかった。体調不良など聞いていなかったし、つい前日も親方は、普段どおり元気に仕事をしていたのだ。しかも、まだ満五十一歳になったばかりの若さなのだ。

まさか、自殺は考えられない。遺書がないのはもちろん、その他、自殺を疑わせる要素も皆無だった。

それに、誠意ある建築士が自死するなら、それは、注力した案件の設計が終わった時点ではない。監理も終わり、現物の竣工を見届けたあとに違いないのだ。

ましてや、あのダ・コスタが、ましてや、あの礼拝堂の、現前を見る前に、みずからこの世を去るなど、考えられない。エンリケには、確信があった。

医師の見立ては、「おそらく、虚血性心疾患の一種だろう。睡眠中に発症し、分単位の非常に短い時間で死に至ったと思われる」ということだった。

親方は、多くのポルトガル人、多くの建築士とは違って、煙草は一切吸わなかったし、体型も痩せ型だったのに、なぜ？　やはり、過労だったのか。と、弟子は思った。

ダ・コスタ建築設計事務所の所員募集に添えられた『所長の言葉』に共鳴して、弟子入りした。ちょうど六年前だ。

出合ってみると親方は、『所長の言葉』の内容どおり、いや、それ以上に、尊敬すべき人物だった。六年間、ずっと敬い、慕ってきた。

俺は師匠に恵まれた。これほど建築センスに優れ、真摯で、無欲で、寛大で、情に厚い人が、ほかにいるか？　いない。俺の親方、マダレーナ・マリア・ダ・コスタは、世界唯一だ。

本当は、こう刻みたかった。しかし、こんなに幼稚で自己中心的な「碑文《ひぶん》」を刻むわけにはいかない。親方と、彼女の遺作になった、美しい聖堂に対して、失敬だ。

エンリケ・コルテスは二年近く前、『鳩とカラス』の設計コンペが始まったころ、親方から、あることを言い渡された。

わたしもまだまだ死なないけれど、万一の時は、机のひきだしに遺品、遺言セットもどきをしまってあるから、それを見て、よしなに取りはからってちょうだいな。というのだった。

その冗談めかした言い方には、ちょっと笑えた。

彼女は肉親、縁者のない、孤独の身なので、弟子の自分に万一を託してくれたのだろう。名誉に感じた。けれど、よしなに取りはからう日は、彼女の言うとおり、まだまだ遠い、としか、そのときは思えなかったのだった。

心底慕ってきた師匠を突然うしなって、青年建築士は、悲嘆の底に突き落とされた。数日は、ただ、泣き暮らした。

施主のフランシスコ・モンテイロと、『キジコ』のカリムが泣いてくれたのだけは、救いだった。とくにカリムは、エンリケと抱き合って、声を上げて泣いてくれた。

親方の死から八日も経って、ようやく、彼女の机のひきだしを見た。そこには、封筒が二つあった。

一つには文書が入っていて、もう一つには古いスケッチと、その写真と、一枚の紙が入っていた。

文書の要旨はこうだ。

墓、無用。コメルシオ広場からテージョ川への散灰を希望する。
ごく些少ではあるが、有形無形の全資産を、エンリケ・コルテスに贈与する。
次の二名に対し、私の死を報告されたし。連絡先は、別途記載。
シスター・ライラ・ペレイラ
ミゲル・フェルナンド・アルフォンソ

弟子は、師匠の慈悲深い意気に奮い立った。じじつ、胴震《どうぶる》いが起きた。熱い涙も、また、こみ上げた。

スケッチは、いたく劣化した画用紙だった。鉛筆で描かれた、人の顔だ。何十年も前の絵と思われる。

経年とともに傷み過ぎて、原画の像が判然しなくなるのを恐れてだろう。親方は、その絵を撮ったスチール写真も残してあった。それ自体も、かなり古い写真ではあるけれど、原画でよりは鮮明に、絵の顔が判別できた。

親方だ。まちがいない。少女マダレーナ・マリアの顔だった。

うまい絵だ。路上で似顔絵を描いている、プロの絵描きに描かせたものか。と、エンリケは思った。

同封の紙に短い、英語の記述があった。親方の端正な手跡《しゅせき》だ。紙、インクの具合ともに、新しい。ごく最近書かれたものと推測された。

フェルナンドによる絵

「もし再び同じ状況に立たされたなら、わたしは同じことをする。

わたしの友、フェルナンド」

これだ。これを彫り刻まねば。あの礼拝堂の木の壁に。そして、少女のこの顔も。

エンリケ・コルテスは、そう直感した。そして義務感さえ、むらむらと、もよおした。

墓は無用、との仰《おお》せだけれど、チャペルの壁は墓石《はかいし》ではない。俺が彫るのは墓碑銘ではない。オード碑銘なのだ。なにがなんでも、彫らねばならない。

遺言に添って、マドリッドのペレイラ氏とアルフォンソ氏に、訃報の手紙を書いて出した。

両氏とも、すぐ、メールで返事をよこした。

アルフォンソ氏は、礼拝堂のことも知っていて、ぜひとも完工早々、現堂に来て、ダ・コスタ氏を悼む祈りを捧げたい、とのことだった。

それから約一ヵ月後に、完成した。

木だけでできた、瀟洒な小屋が。

*

待降節が始まった。

ミゲル・フェルナンド・アルフォンソ氏が、五日後に来る。

エンリケは興奮していた。なにか、神聖な興奮だ。

氏の職業や素姓は知らない。先入観を最小限にして会ってみたいため、あえて、ネット検索もしていないのだ。

フェルナンドというからには、あの絵を描いた男性だろう。親方の昔の恋人なのか。なにびとであれ、大切な人には違いない。

おそらく、五十代だろう。フランシスコのような、気品ある紳士ではなかろうか。とにかく、貧乏画家は想像できない。

会ったら、親方の話のみで、数時間は盛り上がりたい。こっちは師匠の魅力を言いつのり、向こうは少女マリアや恋人マリアの魅力を、これでもかと言うほど、披瀝《ひれき》する。

お互い感じ入って、泣くかもしれない。いや、本当に、泣くだろう。親方の恋人となら、手をしっかり握り合って、泣き合いたい。

エンリケ・コルテスは、五日後にあらわれるのが、自分と同じ年に生まれた三十一歳で、親方に生き写しの顔をもつ美青年だとは、微塵だに予想できなかった。

彼は、ただ、親方の顔を画用紙にそっくり写し取るほど彼女を愛していた人の来臨《らいりん》を、このころから待ち望んでいた。

華やいだ街に、ときどき鈴の音《ね》が聞こえる。

五日後だ。

解説

大野和士

『ブラック・マリア』のゲラを手にしながら、私は演奏会のために、雨混じりのイタリア・フィレンツェに入った。そこで、この小説を理解するために、「偶然」とは思えない体験をすることになろうとは、その時には思いもしなかった。

久しぶりに壮大なフィレンツェの歴史的建造物に囲まれ、時の流れに自然と思いを馳せていた私は、ホテル近くのピッティ宮殿に入って、まず絵画作品を眺めることにした。最初に目に留まったのは、ある女の肖像だ。その絵には、「悔悛するマグダラのマリア」という画題がつけられていた。

豊満な胸部を半ば晒《さら》しながらも、眉を歪め苦悶の表情でこちらを一心に見つめる表情……。私にはすぐに、小説『ブラック・マリア』の主人公の名が閃《ひらめ》いた。

マグダレーナ・マリア・ダ・コスタ

「マグダラのマリア」は英語ではメアリー・マグダレーヌ、フランス語ではマリー・マドレーヌ、そしてイタリア語とポルトガル語では、マリア・マッダレーナと呼ばれる。

彼女はローマカトリックでは、キリストの復活に立ち会った第一発見者である。金髪の美しい娼婦として、男性の快楽の対象になったという「罪深い過去」を持ち、キリストに出会うことで悔悛し、最終的には女性を守護する聖女となった人物である。『ブラック・マリア』の主人公マグダレーナという名には、マグダラのマリアが重層的に重なり、この小説への第一歩を導いてくれる。

私は次に、有名な回廊の思い出も深いウフィッツイ美術館に出かけた。イタリアはまだコロナ禍の最中で、私の演奏会でも楽員に陽性者が出て、急遽プログラムの変更を迫られたりした。美術館も人影はまばらで、普段は人だかりに遮られてほとんど鑑賞できなかった、ボッティチェリの「春」「ヴィーナスの誕生」などの全像を、初めて長々と鑑賞するという体験にも出くわした。

その満足感に浸りながら、階下の展示室に訪れた途端、私は俄《にわか》に戦慄を覚えることになった。

そこにあったのは、「ホロフェルネスの首を斬るユディト」という、旧約聖書の一編から取られた絵である。若い娘ユディトが、自分の住む街を占領せんとする、敵のアッシリアの将軍の首を掻き切ろうとする瞬間を描いた絵。その作者名に目を向けると、なんとそれは先に見た「マグダラのマリア」と同じ作者、女性画家アルテミジア・ジェンティレスキであった。

彼女は最近の研究によって瞬く間に有名になったが、その中でもショッキングなのは、彼女が18歳の時に、画家であった父の友人に陵辱されたトラウマが、彼女の中で絵画作品として昇華されていくという運命を背負ったことであった。

ユディトを題に取った絵画は多くの画家たちによって描かれているが、ほとんどの作者は、ユディトがすでに将軍の首を斬った後を描写する。生首のありかはぼやかされ、ユディトとその侍女の姿も何を語るでもなく、残虐行為の後の平安さを取り戻した構図を選択している。アルテミジアが参考にしたユディト像は、彼女が最も影響を受けた、カラヴァッジョの絵であり、カラヴァッジョの構図は、通常の作者たちのものとは例外的に、ユディトが将軍の首を正《まさ》に斬り取る瞬間を描いている。首から迸《ほとばし》る血や、今や殺されんとする将軍の見開いた目の壮絶さは、異様な迫力で見る者に伝わってくる。流石《さすが》に本人も実人生で殺人の罪に問われた、狂気の画家と思わせるだけのことはある。

しかし、アルテミジア・ジェンティレスキの同名作品で注目すべきなのは、行為者であるユディトの表情と動作であろう。カラヴァッジョ版ではユディトはあくまで清純な乙女であり、行為の最中に顔を歪め、その瞬間の恐怖を隠してはいない。一方、アルテミジア版では、ユディトは自ら衣装の袖を大きく捲《まく》り上げ、左手で将軍の頰髭を巻きつけるようにして押さえ込み、カラヴァッジョ版とは比べようもない十字形の大きな剣で敵の首を斬り落とそうとしている。彼女の表情には怯える様子は微塵もなく、敵意を示すというよりも、自らの使命を果たすための峻厳さに満ちているではないか。侍女が右手で将軍の体を押さえ込んでいるのも、ユディトの命令に従っているのは間違いなく、殺人がユディトによって冷静に計画実行されたことを物語っている。

『ブラック・マリア』のマダレーナは、彼女自身の人生の重大なる局面において、アルテミジアの「ユディト」に描かれているような、冷徹とも言える態度を取った事実を小説のクライマックスで自ら語るのである。

『ブラック・マリア』を読み進めていた私にとって、この小説とフィレンツェでの体験は、単なる偶然ではなく、このように必然となっていったのであった。

マダレーナ・マリア・ダ・コスタの人生を通して、この小説がもう一つ丁寧な筆致で浮き彫りにしているのは、「建築家」という仕事が持つ理念だ。ヨーロッパに住んでいると、時折、「都市のフィジオノミー」という概念を耳にすることがある。フィジオノミーというのは、平たく言えば人間の顔つきのこと。人間が目鼻立ちの特徴によって、その人だとすぐにわかるように、都市にも一瞥《いちべつ》しただけで、そこだ、と判別できる都市がある。その「都市の目鼻立ち」を決めていくのは、まさしく建築家の責任だ。フィレンツェのサンタマリア・デル・フィオーレ大聖堂、ロンドンのビッグ・ベン、バルセロナのサグラダ・ファミリア、ビルバオのグッゲンハイム美術館……。

　自分の死後、何世紀にも亘って、その都市の「目鼻立ち」となる建築物を造るのだから、建築家という職業の果たす責任は限りなく大きい。間違ってしまえば建築家は、「建築」という創造的な行為で、巨大な廃棄物を後世に残すだけの「破壊的な暴力」を働きかねないと、作者は折に触れ指摘する。


「たとえ、ある建築作品がいかに美しくても、芸術的であっても、それは絵や音楽や詩ではない。」

「単なる芸術作品なら、受け手に気に入られなくても、『駄作だ』と貶《けな》されれば、それで済む。だが建築は、そうはいかない。」

「建築は、物理によって物体を造る。しかも、人の肉体を容れる巨大な物体を。どこまでも重力に支配され、いかんともしがたい物体。一度生み出してしまったら取り返しのつかない、絶対的な物量。物だ。現物だ。建築とは徹頭徹尾、現実なのだ。」


　建築家が自己顕示欲を満たすために建てた建築は、作中で「男根中心主義」と表現される。

「あたかも、醜いファルスを公衆の面前に突き立てて見せているかのようだ。」「はっきり言って、二十一世紀に『モニュメンタル』は罪ですよ。猥褻罪です。いや、強姦罪だ。モニュメントは、大地と天空をレイプしている。高層、低層は関係ない。悪趣味な建造物はことごとく、環境への陵辱なのです。」

都市をファルスで強姦し、後世に亘って凌辱し続けるような、建築家のエゴに満ちた建造物――そういえば、「都市」を表す言葉は、ポルトガル語 a cidade、フランス語 la ville、イタリア語 la citta、ドイツ語 die Stadt と、どれも全て「女性」名詞だ。

リスボンという都市が、この小説の中で主人公マダレーナにそっと寄り添う名脇役を務めていることは確かだろう。サン・ジョルジェ城、下町アルファマ地区、テージョ川、そしてマダレーナが罪を知る以前の「サウダーデ」としての、神の赦しを意味するグラッサ (Graça) 地区……。「安全な港」という語源を持つはずのリスボンは、19歳の晩秋を最後に、彼女にはもはや安全を提供しない。アルテミジアにも、ちょうど18歳で悪夢が訪れている。

「地獄を見て初めて、その向こうに運命が見えるのだ。運命、使命、宿命……。呼び名は、どうでもよい。ただ、自分のそれをまざまざと知っているのは、人生のどこかで地獄に堕ちた、数少ない者たちだけなのだ。マダレーナ・マリアは、その一人だった。」

小説が描こうとした、地獄の底から這い出して闘い、自らの使命を果たし尽くして死のうとする女性の姿は、17世紀に実在したアルテミジアの生き方が示すように、現実に裏打ちされている。

小説を読み終えた私は、再びピッティ宮殿に足を運んだ。そして「悔悛するマグダラのマリア」の前で、深く頭を垂れたのだった。

——指揮者

この作品は二〇一九年十二月小社より刊行された『ブラック・マリア』の表題作を文庫化したものです。

ブラック・マリア

鈴川紗以《すずかわさい》

令和4年5月15日　初版発行

発行人——石原正康
編集人——高部真人
発行所——株式会社幻冬舎
〒151-0051東京都渋谷区千駄ヶ谷4-9-7
電話　03(5411)6222(営業)
　　　03(5411)6211(編集)
　　　振替00120-8-767643
印刷・製本—中央精版印刷株式会社
装丁者——高橋雅之

幻冬舎文庫

ISBN978-4-344-43190-4　C0193　す-22-1

幻冬舎ホームページアドレス　https://www.gentosha.co.jp/
この本に関するご意見・ご感想をメールでお寄せいただく場合は、
comment@gentosha.co.jpまで。